GOURMANDISE

Les Embrouillonnements

Sommaire

EDITO

Chères lecteur·ices, ne vous fiez pas aux apparences : ce livre n'est pas tout rose.

Si la gourmandise convoque en vous un univers enfantin, appétissant, doucereux, et que vous voyez déjà apparaître sous vos paupières bonbons, gâteaux et sucreries en tout genre, c'est que la publicité a imprimé vos neurones. Les nôtres aussi, et ce numéro est d'autant plus salutaire qu'il vient mettre un coup de pied dans la fourmilière.

Nous sommes tous·tes écartelé·es entre l'incitation à se « faire plaisir » (comprendre : à ingérer un tas d'aliments à toute heure du jour et de la nuit pour combler notre vide existentiel), et la culpabilité latente ressentie à l'idée de manger au-delà de l'appétit — ou plutôt de la norme. L'angoisse est réelle, et son vecteur porte un nom : grossophobie. Aussi, il vous paraîtra tout naturel que, de ce déferlement de rose, surgissent les récits de ceux, et surtout de celles, qui ont connu la violence des injonctions, du jugement, de la haine de soi et des autres. Tous les tons sont permis : l'apaisement, la joie cohabitent avec la colère et la rancune. Aucune leçon de morale ne s'est insinuée dans ces pages.

Ce numéro est principalement féminin, que ce soit du côté de ses créatrices que des personnages représentés. C'est qu'être gourmande n'a pas le même sens qu'être gourmand, et qu'avoir la peau sur les os est une belle preuve de supériorité morale, dans une société où l'appétit féminin demeure suspect. Manque de maîtrise de soi, dépravation sexuelle, fainéantise : ne vous avisez pas de grossir, Mesdames, l'œil du capitalisme vous scrute. C'est celui-là même qui est mâchouillé et digéré par les personnages que nos auteur·ices mettent en scène. Cerises, pizzas, burgers, glaces, dindes, cochons et, pourquoi pas, une plaquette de beurre ? Bâfrage à toutes les sauces, supplément goût de libération féminine.

Ras-le-bol du contrôle. Ras-le-bol de l'idéologie de la performance, de la minceur. La voix de la culpabilité, dans votre tête, c'est celle qui vous maintient dans le rang, qui vous rappelle que, pour votre propre bien (comprendre : votre élévation sociale), il faudrait vous maîtriser (sur la nourriture, sur le sexe, sur l'alcool, sur la dépense). Vous maîtriser pour avoir le droit, une fois au sommet — sommes-nous tous·tes des arrivistes en puissance ? — de lâcher les chiens. Les chiens de la domination, de l'exploitation des ressources, des hommes et des femmes. Les chiens de l'insatisfaction, de l'avidité, de l'insatiabilité. Numéro à charge contre les dominants, contre ceux qui se revendiquent gourmets pour ne pas regarder leur propre gloutonnerie. Vous les reconnaîtrez au fil des pages, ce sont eux, et non vous, qui portent le visage de l'excès et de la dépravation, sous le vernis de la réussite sociale.

Écoutez-les bien. Ils vous susurrent à l'oreille. *Rien à foutre de votre dépression. Vous êtes faibles, incapables de vous dominer. Vous êtes des losers. Vous avez le physique de vos idées. Vous êtes ce que vous mangez. Et ce n'est pas beau à voir.*

Faites-les taire.

Soyez gourmand·es. Demandez plus. Notre soif d'existence vaut mieux que ça. •

collages de
Marion Revoyre

LA TABLE DE SATURNE

Amélie Hamad

« On le sait peu, mais ni la France ni l'Allemagne n'ont prévu de poursuites pénales contre les cannibales. Manger son prochain ou sa prochaine n'était jusque-là pas pour autant autorisé : par un jeu complexe de sous-entendus et d'imprécisions contextuelles, il était en effet possible de transformer le cannibalisme en acte de torture et de barbarie. Dans de nombreuses situations, ce tour de passe-passe se justifie encore. Pourtant, il existe un marché de cannibales, ainsi qu'un vivier tout à fait respectable de personnes désirant être mangées, que la loi de libéralisation alimentaire accélérée nous permet enfin de satisfaire. Aujourd'hui, il est possible de récolter de la chair humaine par consentement mutuel et de vous offrir une expérience unique à la table de Saturne dans l'éthique la plus complète. Ici, à Homini Lupus, nous nous battons pour un monde plus inclusif. »

Je coupe le son de la vidéo. Derek Huxvelt continue de s'agiter à l'écran avec l'enthousiasme d'Elon Musk promettant la terraformation de Mars quelques années plus tôt, convaincu de propulser l'humanité dans un nouvel âge. Sans le son, la vidéo ressemble à un prêche. Ça me rend songeuse.

« C'est dingue que ça ait été autorisé, et que les gens ne s'en offusquent même pas. Qui a milité pour ça ? J'ai pas l'impression qu'il y ait eu une grosse demande pour légaliser le cannibalisme. En plus, vendre de la *weed*, ça reste interdit !

— Si Mai, les gens s'offusquent. Gros *bad buzz* sur X, Huxvelt se fait insulter non-stop depuis quinze jours. Je pense que le consensus, c'est que personne n'a envie de manger saon prochainx.

— Alors les gens n'y croient pas, à cette histoire de nouveau marché cannibale à conquérir ?

— Pas vraiment. »

Pour être honnête, moi non plus. Qui aurait envie de manger le bras de quelqu'un ? La jambe de quelqu'un ? Dans la petite fenêtre du coin de mon écran, Zee reprend la parole, l'air sérieux :

« Cela dit, moi, j'y crois. On m'a refilé un tuyau. »

J'écarquille les yeux.

« Mais... »

Zee fronce les sourcils.

« Réfléchis Mai. Ce serait énorme pour Saveurs.com. Aucunx journaliste n'a écrit là-dessus pour l'instant. On ne sait pas qui achète la marchandise d'Huxvelt. On ne sait même pas quel goût elle a. Le goût, Mai, le goût ! »

Je déglutis.

Je ne suis pas sûre d'avoir envie de raconter à tout le monde que j'ai mangé de la chair humaine sur Internet.

« Tu es la personne la mieux placée pour ce projet. J'ai un contact dans le seizième, aux Protéines Protocol. Les célébrités ne connaissent pas ton visage. Il t'aidera à construire une histoire. »

L'espace d'un instant, les mots « non, Zee, trouve quelqu'un d'autre pour le job » me traversent l'esprit. Ils ne franchissent pas mes lèvres.

Le goût, Mai, le goût...

Après mon entretien avec Zee, je me sens si vidée que je passe une bonne heure à m'anesthésier sur mon téléphone. Alors que le cannibalisme me passait à peine par la tête, j'ai l'impression de ne plus voir que ça sur les réseaux sociaux.

Dans le flot de messages et d'images sur X surgit soudain une influenceuse qui prétend avoir mangé de la viande humaine. La viande aurait mis fin à ses problèmes d'acné. Elle montre le avant/après. Je rejoue la vidéo encore et encore, fascinée. Elle saisit la viande pâle et crue à mains nues comme une femme des cavernes. On entend des bruits de mastication. Elle sourit en avalant. Mon cœur se soulève, mais je n'arrive pas à arrêter de regarder. Dans les commentaires, un compte X révèle que le morceau rosâtre et nerveux qu'elle arrache à pleines dents dans sa vidéo ne serait en fait qu'un gigot de porcelet. À mon grand soulagement, les gens la traitent de folle. Pourtant, on pourrait vivre en anthropophages. Il paraît que Derek Huxvelt ne consomme que de la chair humaine et des compléments alimentaires. Je tape « corps humain calories ». Quelqu'un a pris le temps de faire le calcul, eh oui. Un corps humain contient en moyenne 125 800 calories

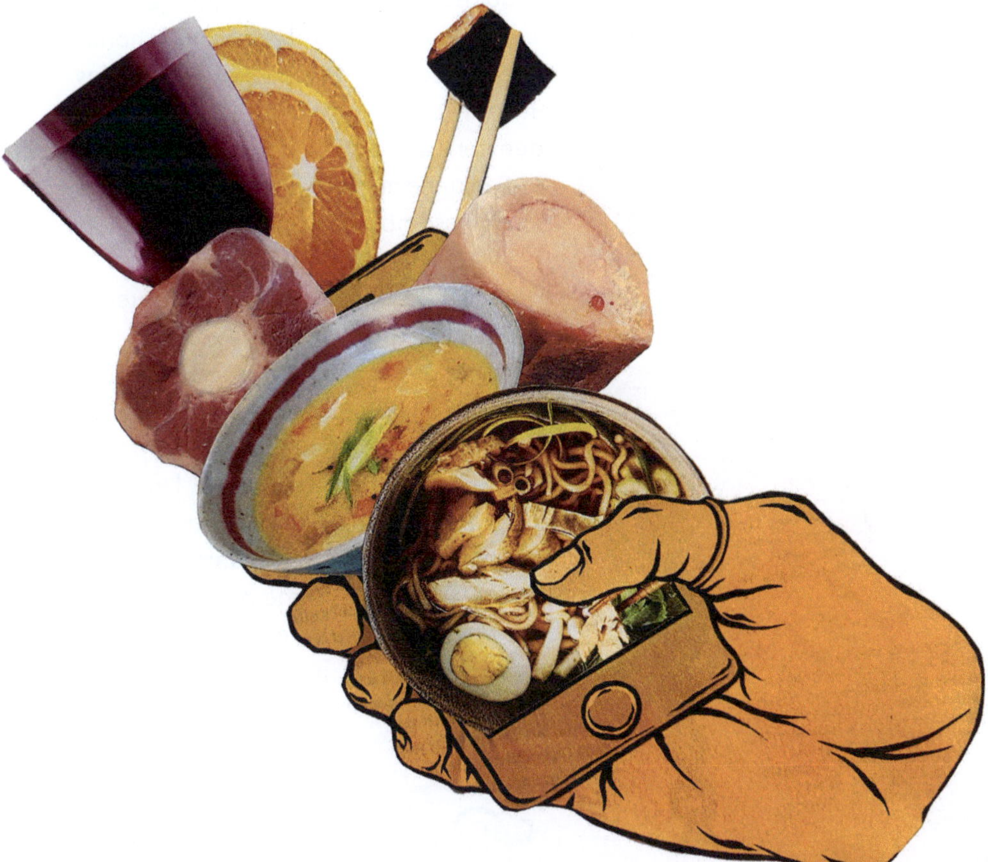

de graisse et de protéines. D'où vient la nourriture de Derek Huxvelt ? Qui désire être mangé par quelqu'un comme lui, un quadragénaire à la peau trop lisse et aux yeux injectés de sang ? Je me demande si c'est à ce régime alimentaire qu'il doit ses joues luisantes. Pourtant, selon divers sites scientifiques, le cannibalisme relève du non-sens nutritionnel : n'importe quel hamburger nourrit davantage qu'un steak d'enfant. Les humains sont des animaux minces, stressés et naturellement bien moins musclés que les bœufs. Sans trop savoir comment, je me retrouve à parcourir un long article universitaire en PDF. Un corps humain ne permet de couvrir les besoins nutritionnels que de 25 personnes, et pendant à peine plus d'une journée. Les premiers hominidés pratiquaient l'anthropophagie pour des raisons rituelles avant tout, et sans doute que rien n'a changé.

Personne ne parle du goût. À quoi peut bien ressembler le goût ?

Je travaille en tant que chroniqueuse culinaire depuis plusieurs années déjà. J'ai été repérée sur les réseaux sociaux quand j'étais ado et que je donnais mon avis au sujet de restaus chinois. Tous les mois, j'établissais le « Classement de l'Impératrice ». Je me filmais déambulant dans le quartier de Belleville. Je tendais mes baos fumants à la caméra comme pour permettre à mes followers de les tâter. J'enregistrais le craquement des nems que je mâchais, la fumée qui bouffait à l'ouverture du panier à raviolis.

On a commencé à m'envoyer des invitations ou des nems supplémentaires. Soudain, ça ne m'amusait plus, je rêvais de vin de Bordeaux et de sauce chasseur. Je me suis diversifiée, j'ai commencé à aller manger dans des grands restaurants français, mais ça n'a pas marché : mes followers s'intéressaient à mes opinions culinaires à condition que je ne franchisse pas le fleuve Amour. J'ai continué à capturer la belle couleur brune du canard laqué, la beauté géométrique des racines de lotus, à en décrire les goûts, sucré, vinaigré, acerbe, moelleux, velouté. Je commençais à me lasser d'allécher le chaland, je voulais sortir du treizième, proposer du contenu plus élaboré. À cette période, j'ai commencé à signer des contrats avec Saveurs.com. Comme tout le monde, Zee s'intéressait à mes vidéos, mais iel m'avait promis de me laisser aussi écrire des articles. J'ai continué à produire du contenu sur la cuisine asiatique pour Saveurs.com mais mes articles sur les bistrots français ont engrangé pas mal de clics. Celui qui a lancé ma carrière s'intitulait « Chinois à Paris : Trouvez les vrais bistrots français » et je l'avais traduit moi-même pour les touristes. Je générais peu à peu un vrai revenu, qui m'aurait permis de vivre seule dans toute autre ville que la capitale, mais mes parents m'ont forcée à finir une vague licence de droit. Mes virées dans le seizième les effrayaient, et mon premier dîner à plus de cent euros les a carrément épouvantés. Des cafetiers intègres, petits-enfants de terrassiers de Wenzhou emportés vers la France pendant la Première Guerre mondiale, des gens comme il faut, qui ne mangeraient pas leur prochain. Des gens avec des principes. Est-ce que j'ai des principes ? Après tout, je mange des animaux, ce qui n'est plus du tout la norme.

Il y a quelques années, le nombre croissant de véganes a déclenché une véritable panique morale dans le pays. Toutes les semaines, un cuisinier ou un éleveur, plus rarement une cuisinière ou une éleveuse, prédisait à qui voulait l'entendre la fin de la France, voire la fin de la civilisation occidentale. Impossible d'arrêter la vague : en 2031, plus de vingt pour cent de la population était devenue végane. La consommation de viande humaine a été autorisée avant qu'on n'interdise la viande animale. Même le foie gras était toujours produit, pour un cercle d'amateurs réduits, mais enfin, on en trouvait encore. Depuis les annonces d'Huxvelt, la contradiction revenait sans cesse sur les réseaux sociaux.

« Les gens ont le goût du sang, dit Mike Protocol. Alors ça me semble normal pour un végane de refuser le cannibalisme.

— Même si les gens consentent à être mangés ? Les animaux ne peuvent pas consentir. »

Je suis dans le seizième, chez le contact de Zee, et je commence à avoir de sérieux doutes.

« Le consentement, la belle affaire ! Si je te mets un couteau sous la gorge et que je te demande de coucher avec moi, tu vas dire oui, pas vrai ? »

Je sursaute. Mike Protocol sourit.

« J'ai pas de couteau, t'inquiète. »

Ça fait dix minutes qu'on se connaît.

« Assieds-toi, Mai, quoi. Relaaax. »

Il me dirige vers un fauteuil. Je m'assieds avec réticence.

« En fait, c'est vous qui avez payé ma place à la table de Saturne ?

— Oui. Les gens doivent savoir qui fait vivre le business répugnant de ce Shylock scandinave. Zee m'a parlé. Écris un bel article, donne les noms. On se connaît tous dans ce petit monde. »

Je le coupe immédiatement.

« J'écrirai sous pseudo cette fois-là. J'affiche mon visage sur Internet depuis mes seize ans, et si on me reconnaissait ?

— Ah tiens ? »

Je ne détiens pas les privilèges sociaux colossaux nécessaires. Si je suis reconnue à un festin cannibale, personne ne signera de tribune pour défendre ma liberté. Ma famille et mes amies m'abandonneront.

« Vous voyez, si un homme puissant viole des femmes, ses amis puissants vont publier une tribune pour le soutenir. Moi, personne ne me défendra.

— Mais le cannibalisme est légal, pas le viol » répond Mike Protocol, agacé.

Je note bien qu'il ne promet pas de me protéger. *Les gens riches sont différents de vous et moi*. Ce n'est pas moi qui le dis, c'est Fitzgerald. Mike Protocol ne peut pas me comprendre. James Gatz s'est métamorphosé en Gastby pour rien ; je resterai Mai Xi. Je renonce à argumenter.

En sortant du bureau, je tape son nom sur Google. Il s'appelle vraiment Mike Protocol, directeur de la branche européenne des Protéines Protocol. J'erre quelques instants d'articles *Forbes* en articles *Wall Street Journal*, observe les personnages principaux de ce petit monde dans lequel je viens de pénétrer.

Une place à la table de Saturne coûte 20 000 euros, le capital entier de Saveurs.com.

Je tourne en rond sur les réseaux sociaux, incapable de penser à autre chose qu'à la viande humaine. Je clique sur toutes les vidéos, à la fois désireuse et effrayée d'obtenir des réponses. À quoi ressemblerait la texture ? Sèche, fibreuse, ou, au contraire, fondante et juteuse ? Je visionne des images douteuses en boucle, débunkées une fois sur deux, qui ne me transmettent aucune information.

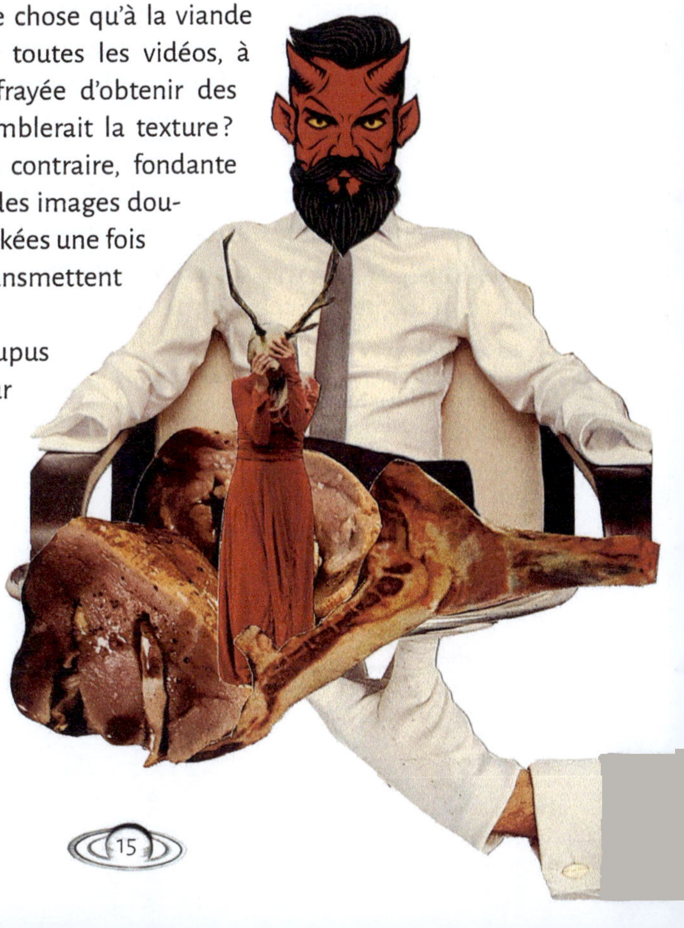

L'action d'Homini Lupus a bondi de quinze pour cent en deux jours ! Le Canal 5 lance un appel à témoignage : « Votre proche sur le point de mourir a donné son corps à Homini Lupus. L'État devrait-il encourager un tel partenariat avec le privé ?» Sur un plateau, un expert en éthique affirme qu'il n'y a pas là de véritable différence avec le don d'organes, et tout le monde hoche la tête solennellement. Les amputations pratiquées sur des sujets en pleine santé soulèvent des débats houleux, mais après tout, l'État n'a pas grand-chose de mieux à proposer aux pauvres, alors presque personne ne tique devant la nouvelle campagne d'Homini Lupus : *Le bonheur ne coûte qu'un bras*. La machine d'Internet s'emballe, une influenceuse affirme que consommer de la viande humaine lui a fait entendre *My Heart Will Go On*. Elle pense avoir mangé le corps d'une célébrité, mais Homini Lupus récolte la chair de manière strictement anonymisée et dépèce les corps entiers qu'on lui confie selon un processus secret, rationnel et démocratique. Par la signature du contrat de consentement mutuel, la chair de vos êtres chers se transforme en viande, une ressource importante en termes de protéines dans un monde en pleine déplétion. Homini Lupus promeut une approche logique et laïque du cannibalisme. L'égalité parfaite dans l'assiette !

Mais personne ne parle du goût.

Je pense que je suis la personne la plus apte à passer pour riche chez Saveurs.com. J'ai une belle peau appétissante. Je sais me maquiller et je sais bien me tenir. En me préparant pour le repas, il me semble que j'accomplis quelque chose de normal et de logique.

Zee me paie le taxi jusqu'à l'adresse donnée par Mike Protocol. Je ne peux pas m'empêcher de me demander si le faible prix de ma robe, trois cents euros, ne saute pas trop aux yeux. Je découvre un hôtel chic

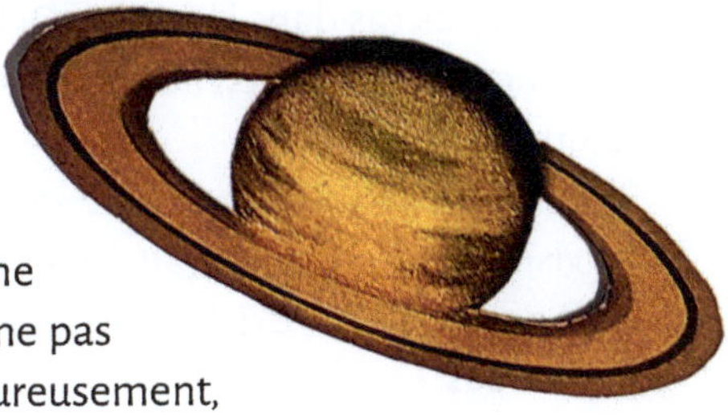

qui donne sur la Seine. Aucune trace de restaurant cependant.

Je me présente à l'entrée, avec mon invitation pliée en quatre. Au dos, la planète Saturne en quelques traits. Je n'arrive même pas à dire pourquoi je suis là, mais heureusement, nous n'échangeons aucune parole.

L'ascenseur m'emmène jusqu'au dernier étage. À la sortie, il faut passer un portail magnétique. Les agents de sécurité scrutent ma pochette aux rayons X. La baie vitrée montre une vue panoramique sur les toits de Paris et une lune pleine, immense. On entend de la musique classique à base de violon.

Je trouve les convives déjà à table. Ils ne ressemblent pas à ce que j'aurais imaginé. On pense aux caricatures du dix-neuvième siècle, aux grosses panses, aux doubles mentons, tout ce vocabulaire graphique simpliste et cruel de l'excès, mais rien de tout ça ici : que des corps fermes, disciplinés.

« Mai Zhang. »

Les sourcils se lèvent, mais personne n'esquisse le moindre commentaire. Les riches sont gentils, ils prennent les choses comme elles viennent. Je tire une chaise et je m'installe.

« Pendant le Grand Bond en avant, on vendait la chair des enfants sur les marchés du Hunan, découpée en lamelles et pendue à des ficelles. »

C'est un homme de mon âge, à la moustache parfaitement taillée, qui a parlé. Je me rends compte que je ne reconnais aucun des convives. Au cours de mes chroniques culinaires, j'ai pu assister aux dîners d'un certain nombre de célébrités, mais ces gens ne sont pas célèbres, juste riches. Faute de mieux, j'enregistre leurs visages dans mon esprit.

Je sais très bien ce qui s'est passé pendant le Grand Bond en avant. Qu'est-ce qu'il veut dire ? Et pourquoi ne pas commencer par « bonsoir » ?

« Je ne crois pas que les Chinois aient mangé leurs enfants par plaisir personnel, je réponds, prudente.

— Il y a des cas dans l'histoire. Qi Hen Gong, pendant la période des Royaumes combattants, aurait mangé le fils de son ministre. Un vrai sadique. »

L'homme à la moustache me raconte l'anecdote avec une délectation visible, comme s'il suçait un bonbon. Je n'ai pas envie de me laisser aller à un débat sur l'existence d'un sadisme typiquement chinois. Je ne réponds pas.

Je me rends compte que pour tous ces gens, ce repas représente peut-être une occasion de s'ensauvager, un rituel, au même titre que les cours de yoga, les séances de chamanisme, les cours de danses dites africaines. On passe de l'autre côté avant de retourner dans sa tour en verre, régénéré. Un plaisir sombre et terrible, loin des graines germées, des légumes fermentés et des céréales complètes qui constituent leur pain quotidien.

« Alors, dit une femme, guillerette, comment avez-vous eu l'idée de vous offrir cette expérience ? »

Sa question ne mène pas à un torrent de réponses. Nous passons un long moment à nous regarder les uns les autres.

« J'étais las, dit un homme barbu. J'avais tout essayé. Il ne restait que ça. »

Je finis par le reconnaître. C'est un influenceur masculiniste qui est devenu viral suite à ce qu'une top model lui a cassé la bite en le chevauchant dans la position d'Andromaque. Il s'exprime mieux que ce que j'aurais cru. Les convives l'observent avec intérêt, mais il n'en dit pas plus. C'est l'homme à la moustache qui poursuit :

« Pour un rationaliste, cette commercialisation pose des questions passionnantes. Jusqu'où a-t-on le droit de frapper une femme si elle est consentante ? On pourrait aussi aller vers les questions d'amputation érotique...

— J'ai toujours voulu être admis au club des Explorateurs, mais je n'ai jamais rien exploré, poursuit l'influenceur. Leurs repas d'insectes et de testicules ont marqué l'histoire. La terraformation de Mars demeure encore lointaine. Alors oui, le tourisme spatial s'organise, mais quand on y est allé une fois, on a tout vu. Que nous reste-t-il sur Terre ?

— Prenons la suite de Piccard, Armstrong, Hillary ! »

L'homme à la moustache se tourne vers moi.

« Et vous ?

— Je voudrais juste savoir si c'est bon », dis-je.

Il éclate de rire. Je rougis. J'ai envie de partir mais je pense aux 20 000 euros.

« William Buehler Seabrook a comparé le goût de la chair humaine à celui du veau, avance l'homme à la moustache.

— Ah bon ? Ce serait plus logique qu'elle ait le goût de porc, non ? s'étonne la femme blonde.

— Il y a des témoignages qui vont dans ce sens. Armin Meiwes, le cannibale de Rothenburg, a comparé la viande de sa victime à celle du porc.

— Ne dites pas victime, il avait donné son consentement. Nous ne faisons pas de victimes ici. »

L'homme à la moustache reprend :

« La viande humaine est peut-être bien la seule viande éthique. »

Personne ne le contredit.

Je commence à me sentir nue et vulnérable dans ma robe bustier. Les serveurs ne viennent pas. J'ai à la fois hâte et peur qu'ils arrivent.

Au moment où les battements de mon cœur s'accélèrent, les voilà.

« Nous vous proposons cet excellent vin de Bordeaux, parfait pour accompagner le gibier. »

Alors ni Seabrook, ni Meiwes n'auraient raison ?

L'entrée arrive bientôt. À chaque assiette, je me sens de plus en plus tendue. Mais il ne s'agit pas de viande humaine, juste d'un médaillon de foie gras aux cèpes. Je commence

par les champignons, puis je découpe un petit morceau du foie gras avec circonspection. Je goûte. La texture crémeuse fond sur ma langue, un vrai délice, mais pas sûr que goûter de la viande humaine me procure plus de culpabilité.

Je commence à regretter d'être venue, mais tout m'apparaît trop tard. Mike Protocol a dépensé 20 000 euros pour que je sois là. On ne peut plus arrêter cette expérience très spéciale.

Les serveurs débarrassent les assiettes, emportent mon médaillon de foie gras à peine entamé. Tout le monde se raidit. Les sourires s'élargissent, les paroles deviennent frénétiques. Nous connaissons la suite.

Le rôti a été accompagné d'une sauce aux airelles et d'une mousseline de courge. Il ne ressemble à rien d'autre qu'un morceau de viande élégamment présenté, mais le silence descend sur les convives.

Difficile de s'imaginer que c'était la viande de quelqu'un. Mais après tout, on ne voit pas non plus la vache quand on regarde un steak haché.

Tout le monde se scrute, s'observe. L'homme à la moustache est le premier à découper une petite tranche, puis à la porter à sa bouche. Il donne le signal. Tout le monde attaque la viande rouge sombre. J'imagine le goût noir des abats, mais la saveur qui s'étale sur ma langue est bien différente.

« Ça a le goût de gibier.

— Non, ça a le goût de porc, dit l'homme à la moustache.

— Je trouve que ça a le goût de veau.

— Peut-être que nous ne pourrons pas tomber d'accord ? Un être humain a une vie bien plus variée que n'importe quel autre... animal. »

J'ai mangé de la chair humaine, enfin. Et ça a le goût d'un animal des bois, un cerf, un chevreuil.

Il faut que je reprenne une petite tranche pour être sûre. J'ai l'impression que la salle disparaît autour de moi. Je suis seule

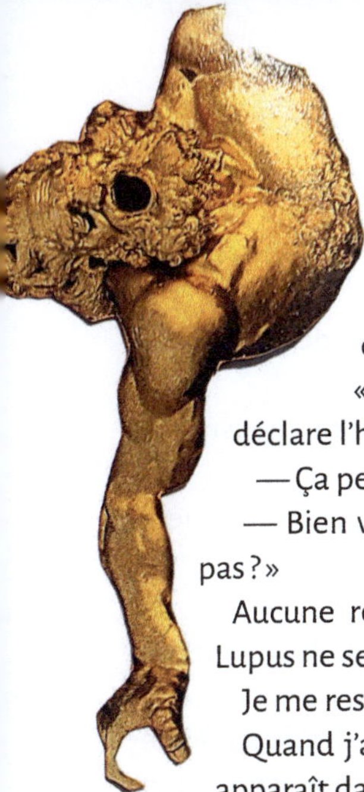

avec la viande.

Je reprends une petite tranche. Puis une autre petite tranche. Le rôti diminue à vue d'œil. Je m'arrête.

« Ou il nous maudira, ou il nous donnera sa force, déclare l'homme à la moustache, très satisfait.

— Ça peut être elle, le corrige la femme blonde.

— Bien vu, Homini Lupus défend l'inclusion. Tu ne finis pas ? »

Aucune réponse ne me vient. Pas étonnant qu'Homini Lupus ne se passionne pas pour la traçabilité.

Je me ressers.

Quand j'ai tout mangé, l'hologramme de Derek Huxvelt apparaît dans la salle. Les convives ravis poussent des « oh ! » et des « ah ! ». Avec un accent scandinave prononcé, il nous dit, en français :

« Bravo. Désormais, vous vivez avec moi sur Saturne. »

Tout le monde applaudit. Je commence à me sentir mal.

Mike Protocol m'attend dans la voiture.

« Qui as-tu vu là-bas ? Décris-les-moi.

— Femme blonde, franchement, je sais pas si je pourrais vous la décrire plus que ça, pas de personnalité.

— Bordel, ça pourrait être la femme de n'importe qui.

— Il y avait Dan Kabasakal.

— Qui ça ?

— Un... un influenceur qui encourage la domination masculine.

— Hein ? Hahaha ! »

Je vais m'évanouir.

« Et aussi... un homme de mon âge, avec une moustache, un costume vert bouteille. »

Au moment où je le décris, j'ai l'impression de l'avoir déjà vu quelque part.

« Non, dit Mike Protocol.

— Je crois que je l'ai déjà vu… dans un magazine, je ne sais plus lequel. »

Dans un flash, je me souviens. L'arborescence des Protéines Protocol parue dans *Forbes*.

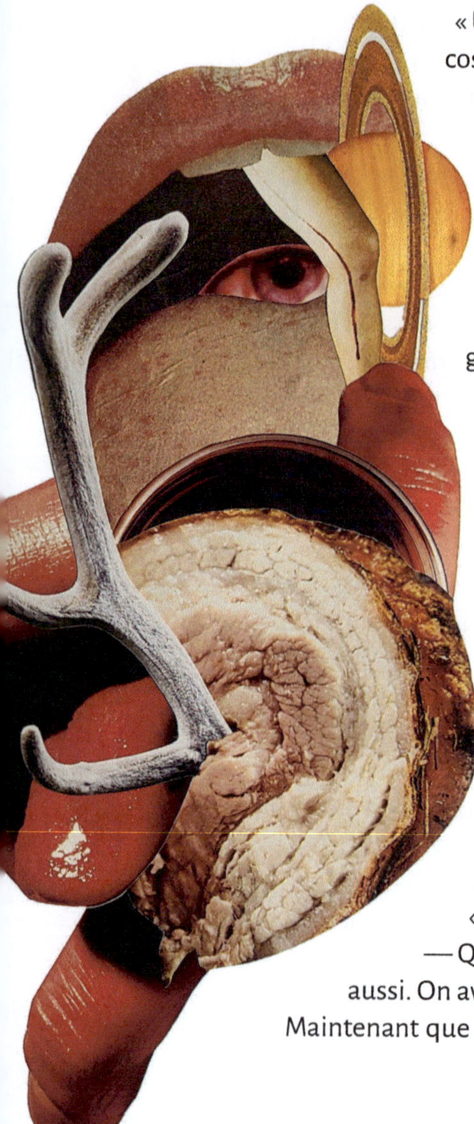

« Un brun, de ton âge, avec une moustache, costume vert bouteille ?

— Mais qu'est-ce qui se passe, Monsieur Protocol ? »

Au moment où je pose la question, un haut-le-cœur me secoue. Je me mets à vomir.

« Ah merde, hein ! » s'écrie Mike Protocol en s'écartant de moi d'un grand geste.

Je continue à vomir dans la limousine.

Quand je me réveille, la première chose que je distingue, c'est Zee, et ses cheveux verts pas lavés. Iel semble inquiètxe.

« Mike Protocol t'a laissée chez moi.

— On a flippé. T'imagines bien qu'on ne pouvait pas t'emmener à l'hôpital. »

Ike, saon partenaire queerplatonique, apparaît aux côtés de Zee. Iels m'ont installée dans leur petit salon encombré de plantes vertes et d'arbres à chats.

« J'ai dormi combien de temps ?

— Quarante-huit heures. Tu as beaucoup vomi aussi. On avait peur que tu te déshydrates. »

Maintenant que Zee me fait la remarque, je sens bien que

ma gorge a la souplesse du carton. Ike m'apporte un verre d'eau. Zee s'assoit sur le canapé avec ellui. Pastèque, un de leurs trois chats, les rejoint d'un petit bond.

« Mai, il y a eu un petit problème de communication. »

Ike coupe Zee :

« T'es certainx que c'est le moment ? »

Trop tard, tout me revient d'un coup. Mike Protocol, le repas, la musique.

« Qu'est-ce que vous voulez dire ?

— Tu vois Mai... Mike Protocol s'est fâché. Il nous a dit que tu lui avais promis un reportage vidéo.

— Mais je n'ai jamais promis un truc pareil, m'écrié-je.

— Pas grave. On s'est arrangéx. Mister Protocol n'est pas méchant. Je pense qu'on s'en tire bien.

— Mais on se tire de quoi ? »

Ike lance à Zee un regard suppliant.

« Il ne demande que 15 000 euros de remboursement. Je suis en partie responsable de cette affaire, je peux mettre 5000 euros. Finalement, on s'en tire bien, tu vois, on s'en tire bien. Je ne te cache pas que je préfèrerais ne pas aller au tribunal. Bien sûr, le sujet cannibalisme, on oublie.

— Zee. Je n'ai pas 10 000 euros. »

Je ne les ai pas parce que j'ai aidé mes parents à acheter leur café en vertu de la foutue piété filiale. Zee se lève.

« Écoute, Mai, je pense qu'il te faut du repos, dors encore un peu et on en reparle, ok ?

— Zee ! »

J'essaie de crier mais ce qui sort de ma gorge se limite à un petit gargouillement étouffé.

« Dors, Mai. On revient tout de suite. »

Vaincue, je tire la couverture jusqu'à mon nez.

Je ne dors pas. Je ne rêve pas non plus. Je tape « Forbes.com » dans la barre de recherche. J'essaie frénétiquement de retrouver l'homme à la moustache. Je compulse les articles consacrés aux Protéines Protocol. Les hagiographies de la famille Prokhorov, hissée vers la richesse en quelques générations, du fin fond de l'Oural. Puis l'évidence me tombe dessus comme un tas de briques : je ne me hisserai jamais vers la richesse en quelques générations. Même en dix, même en cent.

La viande humaine est peut-être bien la seule viande éthique...

Je pourrais rechercher l'homme à la moustache dans tous les organigrammes des Protéines Protocol mais je sais que Mike Protocol veut me détruire, nous détruire, moi et Zee.

Alors je vais sur X.

Entre une prédiction astrologique de quelques paragraphes adressée aux Verseaux et une photo d'enfant somalien mort, une vidéo montre un jeune couple devant une maisonnette du type de celles qui émergent en rangées aux alentours de villages vieillissants à redynamiser. Ici, entre les drones et les toboggans, la chair fleurit dans les poussettes.

« Les banques nous claquaient la porte au nez parce que je travaille sous le statut d'indépendant. Homini Lupus a cru en nous avant tout le monde, dit l'homme à lunettes.

— Grâce à Homini Lupus, nous avons accompli notre rêve d'accéder à la propriété, et désormais, nous croquons la vie à pleines dents. »

Je remarque que la manche droite de l'homme volète, vide, comme agitée par un petit vent frais. Je regarde mon propre bras. Combien pour un bras ? Combien pour une main ? Combien pour un doigt ?

Je me mets à caresser mon bras, ma main. Dans le rectangle de mon écran, la femme caresse son ventre arrondi.

« Merci Homini Lupus, et surtout, merci la vie. Quel délice. »

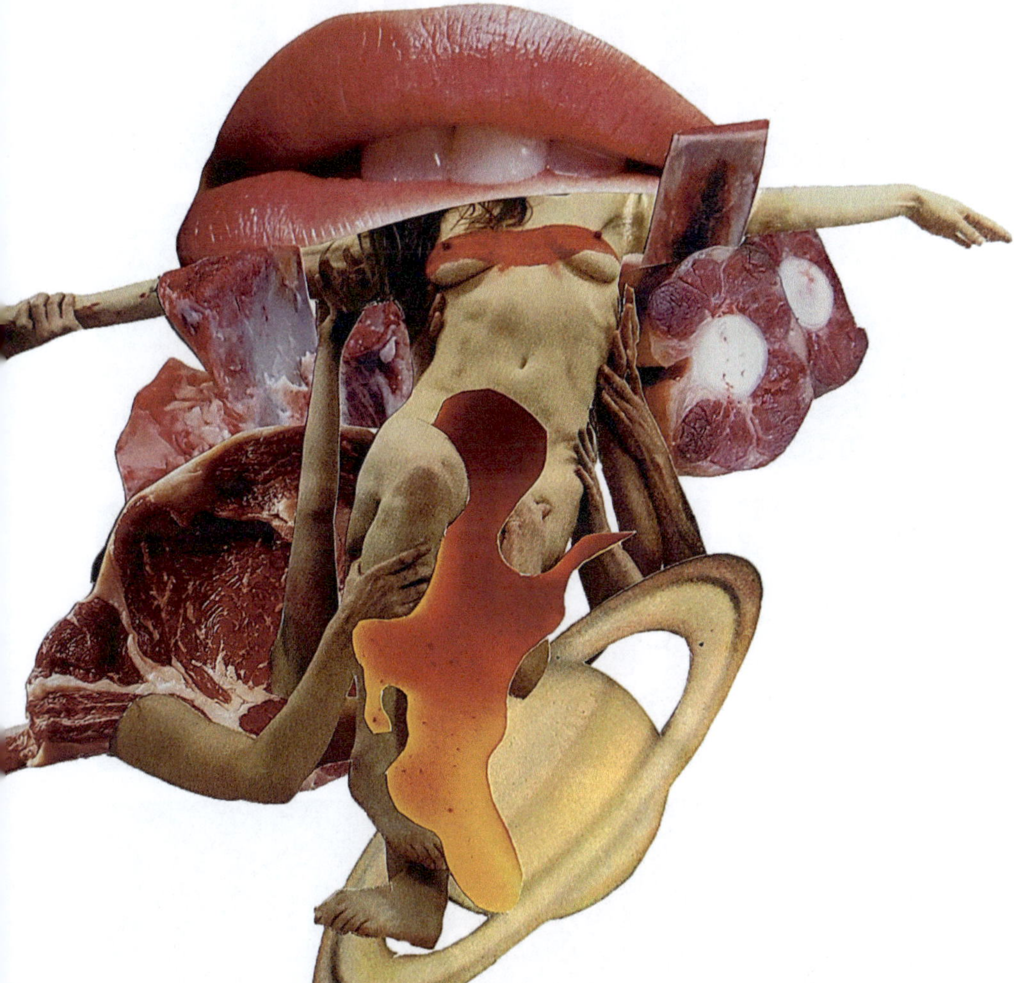

1000 TOO GOOD

Iris Kooyman

0982

-30 % fluo, antigaspi, à consommer rapidement. DATE COURTE. Offre spéciale. Oranges jaunes et vertes, les étiquettes fluos. La marchandise qui crie : je n'ai pas été choisie.

0983

À la radio, une femme à la voix douce m'explique comment son entreprise a su se développer pour sauver la planète. J'écoute sans vraiment y prêter attention, on laisse la radio allumée comme le chat qui ronronne, et soudain l'épiphanie : je sais pour qui elle travaille. Elle n'a sans doute aucune idée d'à quel point son entreprise prend de la place dans la vie de mon père. La voix de la radio évoque un robot d'accueil du futur, ou une vidéo récitée par une intelligence artificielle. La journaliste lui répond comme dans un publicommuniqué. Le futur, c'est la fin du gaspillage alimentaire. Dix millions de tonnes de nourriture sauvée.

0984

Le futur c'est l'abondance ?
Le futur c'est la fin du gaspillage alimentaire.
La fin
du
gaspillage
alimentaire

0985

Une autre cofondatrice passe à la radio quelques jours plus tard, mais j'éteins directement.

0986

Dans mon garage — je dis mon, mais en fait, c'est chez eux — on trouve : des centaines d'enveloppes, quatre armoires normandes, de très nombreux meubles récupérés suite à des décès, un peu plus de quatre-cents patins de chaise — empêcher les couinements du bois sur le carrelage jusqu'à la mort — et un frigo plein, en plus de celui de la cuisine. C'était celui de ma grand-mère. Aussi : une barre aimantée, des bidons bleus — en cas d'inondation, déjà subie — et quatre tronçonneuses. Et les affaires de mon autre grand-mère.

0987

— J'actualise ou pas ?

— Je ne sais pas, c'est la bonne boulangerie ? Celle avec les tartes fines ?

— Oui, celle-là même. Attends, il faut que je clique, pourquoi je suis tombée dans mes messages maintenant ?

— C'est encore une de tes sœurs, non ?

— Et voilà, c'est raté. Il n'y avait qu'un seul panier. *Plus de paniers pour l'instant, réessayez plus tard.* Peut-être que le prochain sera disponible demain ?

— On ne sait jamais, ça dépend de ce qu'ils vendent, enfin, tu sais bien...

Mes parents sont dans la voiture. Mon père est déçu d'avoir raté ce panier. Depuis que l'application est là, elle rythme les trajets du retour — même d'un enterrement. Il faut planifier en fonction des créneaux de retrait. Au départ tout feu tout flamme, tous les paniers disponibles dans un rayon de 20 kilomètres, et puis, le prix de l'essence et certains sont *moins bien*. Un jour, j'étais allée en chercher un, et en effet — moins bien les tomates presque moisies et les radis secs. Désormais, on cible.

0988

Cet autre jour, ma mission est d'importance. Mon père est parti faire une sieste tactique (il dit toujours « s'étendre »), et je dois surveiller le téléphone, et l'application. Aujourd'hui, c'est dimanche, c'est le supermarché bio. Les notifications ne marchent pas vraiment — impossible de savoir s'il les a désactivées — il faut donc jeter constamment un coup d'œil. L'application de récupération ou Instagram, ça, ou peigner la girafe : je regarde sans cesse. À la place des complexes, peut-être que je gagnerais des gâteaux végans et sans gluten presque pas périmés ou de l'huile aux huit noix spéciale future maman soldée, tout ça pour 3,99 €. L'huile future maman est toujours dans le frigo. Aucun des enfants de mes parents ne fait des enfants, pour l'instant. C'est un vide autour duquel on tourne parfois, mais peu.

0989

C'est à cause de l'application que je suspends mes bananes à un crochet dans la cuisine. Les paniers contiennent souvent des bananes.

0990

Il n'y a pas de logique dans le rangement des frigos. Celui du garage reçoit quand même davantage de trésors que celui de la cuisine, où s'entassent aussi les achats réglementaires, et réglés. Parfois, il y a des petits pots — j'avais voulu les offrir à des copines dont le fils a un an — mais mon père les mange. Les canettes de soda viennent des formules, mais je ne sais pas si les formules sont TOOGOOD. Le tofu reste souvent longtemps dans le congélateur. Instagram m'a dit que c'était une bonne chose de le congeler.

0991

Souvent, des épices périmées et des préparations véganes. Les packagings sont léchés, typographies en cursive, des prénoms désuets, toujours du blanc et du vert. Parfois, je me demande ce qui est arrivé à ceux et celles qui s'étaient lancées, le circuit court, la production ultra locale et respectueuse de l'environnement, et peut-être, la faillite. À ce moment-là, je ne sais jamais choisir entre la compassion et la vengeance. Et puis je me dis que ce n'est pas le pire, que l'application va bien, et que le-bio-et-la-lutte-contre-le-gaspillage-alimentaire ne sauveront pas le monde. Pas le monde mais le budget de mes parents, peut-être, même si ce n'est plus nécessaire maintenant. Il aurait fallu rencontrer l'application avant, quand elle n'existait pas, et que mon père refusait de laisser l'employé de téléphonie photocopier sa carte d'identité. Ils n'ont pas besoin de savoir ça. Notons que l'application est la seule présente sur le téléphone, en dehors des préinstallées.

0992

Trois minutes sans avoir regardé, peut-être quatre, peut-être cinq, en tout cas, j'ai raté. Souvenir d'adolescence : cette matinée du samedi où vous auriez dû — faire décongeler le poulet, lancer la machine à laver. Toute action dont l'oubli est impossible à rattraper — peut-être le sèche-cheveux ? Mon père est descendu et j'avais raté. Pas de panier sauvé.

— Chassé.

— Comment ça ?

— Un panier, ça se chasse : il faut connaître les horaires, être à l'affût, prêt à cliquer. Je n'aime pas les chasseurs mais j'aime chasser le panier.

Mon père a toujours détesté les chasseurs, mais mangé les morceaux de sanglier qui trouvaient parfois leur chemin jusqu'à nous. Un ragondin percuté terminera en pâté.

0993

— Tu te rends compte tout ce qu'on fait pour la planète ?

Je ne réponds pas.

— Non mais regarde, tout ce qu'on sauve, ça allait être jeté !

— Mais il y avait aussi des gens, des humains, qui les récupéraient dans les poubelles.

— Pas forcément, ma fille, tu sais bien que tel magasin arrosait ses bacs d'eau de javel. Et puis tout n'était pas récupéré.

C'est vrai. Telle autre boutique avait aussi appelé la police.

— Et puis tu sais, maintenant, on connaît. On fait la différence entre les magasins — ce primeur-là par exemple, jamais on y retournera. Et puis, on découvre de nouvelles recettes. Elle était pas si mal ma confiture à la banane, non ? Bon, par contre, il faut la manger vite.

0994

S'il n'y a pas de bananes, c'est qu'il y a des kiwis, avec lesquels il est nécessaire d'expérimenter. Le gâteau au kiwi maison, pas si différent de celui, industriel, consommé en Allemagne, où j'ai moi aussi mangé les marchandises rejetées. Elles l'étaient soit officiellement — et l'association qui redistribuait, où je m'étais rendue une fois selon le planning aléatoire de la communauté où je vivais, occupait un hangar immense qui débordait de vivres — soit en plongeant dans le *dumpstern*. Il fallait vaincre mon vertige pour faire les poubelles d'Edeka — butin mince. Et puis, l'apparition magique, appelée de mes vœux alors que je n'y croyais pas : les centaines de tablettes de chocolat, non périmées, dans le supermarché à l'autre bout de la ville, en dehors du *Ring* et des canaux, dans le domaine des *Plattenbauen*. Je les avais distribuées pendant des semaines.

0995

Maintenant, quand nos parents débarquent, ils ont toujours les bras chargés. De TOOGOOD. En un seul mot. J'ai fini par jeter le mélange spécial panification maison levain de seigle sans gluten.

0996

— C'est quand même une super affaire, non ? Tu te rends compte, tout ça pour si peu ?

0997

Est-ce que tu ne penses pas, Papa, que les TOOGOOD sont les t-shirts Celio multicolores et mal coupés que tu achetais par lots en soldes — l'attente des soldes, ce moment où on peut se faire plaisir ? Maintenant, tu utilises aussi les sites, en plus du supermarché, « la base ». Selon toi, l'Intermarché le plus grand d'Europe — je n'en ai jamais trouvé trace. Devenir un chasseur de paniers a pris du temps, puisque tu pensais qu'Internet allait voler ton code de carte bleue, mais finalement. Par contre, à part l'application, sur Internet, on n'achète que du neuf, c'est comme ça.

Peut-être que les frigos trop remplis absorbent tous les garde-manger vides de ton enfance — je ne sais pas en quelle année tu as eu un frigo, peut-être que j'invente, peut-être que finalement, le frigo est arrivé tôt. Et les toilettes au fond du jardin de la ferme — ça c'est vrai, je les ai vues, de mes yeux vues, mais la corneille apprivoisée ?

Je ne peux pas te jeter la pierre : je suis la Ponce Pilate des vêtements de seconde main. Je remplace les TOOGOOD par l'accumulation d'habits qui me vont plus ou moins bien, avec toujours ce charme maléfique de la marchandise : au moment où on l'a payée, elle n'est déjà plus désirée. Mais, friperies ou TOOGOOD, on peut en avoir PLEIN.

0998

— À votre âge, je ne me plaignais pas, moi, il fallait garder les vaches, et ramasser les haricots verts, les rangs de haricots étaient si longs...

— Mais arrête, ils ne peuvent pas comprendre, c'est si loin tout ça.

— Il faut quand même qu'ils se rendent compte de la chance qu'ils ont ! Et maintenant, on peut chasser le panier !

0999

Tous les quatre, nous écoutons à nouveau ce dialogue cent fois joué. Dans quelques secondes sinon minutes, ma mère va appeler mon père Oliver Twist. Nous, on pense au Déli-Choc chocolat noir toujours en stock, et aux paquets de bonbons qui s'entassaient dans le vide-poche de la voiture eczémateuse. J'ai mis du temps à comprendre que c'étaient toutes les sucreries dont il avait été privé qu'il entassait partout.

1000

— Tu te rends compte, 980 paniers ? J'ai failli arrêter et puis je me suis dit qu'il fallait aller jusqu'à 1000 et puis ensuite, j'arrête. C'est pas possible sinon, et puis, j'aime bien les chiffres ronds. Mais je me disais qu'ils allaient peut-être m'envoyer quelque chose, un mail de remerciement, mon bilan carbone, et puis rien. Peut-être que c'est pas la planète qui les intéresse, en fait.

Il a atteint les mille paniers, et ça n'est pas terminé.

1001

l'embrouillonnement

Le végétarisme

Iris : Je suis végétarienne depuis que j'ai vu des rayons de saucisses en Allemagne. C'est vraiment terrifiant en termes de couleurs, c'est beaucoup trop rose ou jaune. Plus sérieusement, c'est quelque chose à propos de quoi je n'arrive pas à avoir un discours clair, alors que je ne mange plus de viande ni de poisson (sauf à de rares exceptions) depuis quasiment quinze ans.

Victoria : Je pense qu'on a tendance à oublier quelle couleur a nos organes, souvent ultra flashy... Il y a quelque chose d'obscène à les voir exposés comme ça. Et je suis comme toi, j'aimerais bien écrire à ce propos, mais j'ai peur de tomber dans quelque chose d'un peu trop moraliste... Quand on devient végétarien parce qu'on se soucie des animaux (j'ai même été végane pendant quatre ans) on sait bien pourquoi on le fait, mais j'ai toujours peur que ça agace les autres. Aujourd'hui, tout le monde sait quel est le problème, mais il y a une impasse.

Eris : Moi aussi j'ai été végan, mais pas directement pour les animaux, plutôt parce que je me suis rendu compte qu'un kilo de viande, c'est dix kilos de produits végétaux et beaucoup d'eau pour la produire. Je suis pour la polyculture d'élevage où les animaux font partie d'un écosystème qui permet à la vie de se perpétuer. Au final, je ne trouve pas l'idée du cannibalisme si choquante à la lumière de l'agro-industrie. Par contre, c'est une idée absurde en termes de santé.

Iris : Dans ton hypothèse, les personnes sont déjà mortes ou on les tue dans le but de les manger ?

Victoria : C'est toute la question, je pense...

Eris : Même si la personne est morte, il faudrait savoir de quoi elle est morte. Est-ce que sa vie a été une suite de souffrances ? Je veux dire, quand on compare les systèmes de domination à une échelle plus globale, la production de viande vient à côté de l'exploitation des humain·es. La raison pour laquelle on fait une échelle des souffrances, c'est notre capacité d'empathie, qui nous empêche de nous mettre dans la peau de l'entité qui souffre. Ce n'est donc pas acceptable de manger le corps de quelqu'un, comme manger un chien parce qu'on le considère comme un membre de la famille, mais il n'y a pas de problème à manger du boeuf parce que ce n'est pas un animal affectif. En parallèle, il est acceptable pour un industriel de raser une forêt pour en exploiter le bois alors que ça ne l'est pas pour une personne qui s'y promène tous les jours et qui a établi un rapport intime à la forêt.

Victoria : Le critère qui fonde la possibilité de consommer ou détruire le corps d'autrui, c'est finalement le lien que j'ai créé avec.

Amélie : Dans les diverses dystopies consacrées au cannibalisme légal, il y a clairement l'idée de pousser le système industrio-alimentaire actuel jusqu'à l'absurde.

Victoria : Qu'est-ce qui nous retient encore, finalement ? Oui, il y a des interdits fondamentaux qui sont comme inscrits en nous de manière innée ; mais ils ne sont peut-être pas insurmontables.

Amélie : Oui, ça pose la question des limites, de ce qui nous semble acceptable ou pas, et pourquoi.

Victoria : Donc tu penses que l'interdit du cannibalisme est purement culturel ?

Amélie : C'est possible. Il y a peut-être des études de biologie qui montrent que les singes ne se mangent pas entre eux, ou bien c'est juste notre conception de la nature... je ne sais pas.

Eris : Il me semble qu'il y a surtout un risque accru de transmission de maladies. Bien qu'en vérité, la majorité de celles qui ont posé des problèmes à l'humanité au cours de l'histoire sont des zoonoses dues à la domestication (variole, grippe aviaire...), aux pressions de l'humanité sur les milieux sauvages (Covid, Ebola...), ou à la zoophilie (SIDA, Syphilis...). ●

ANSELME DOMINSKI

LE VORACE

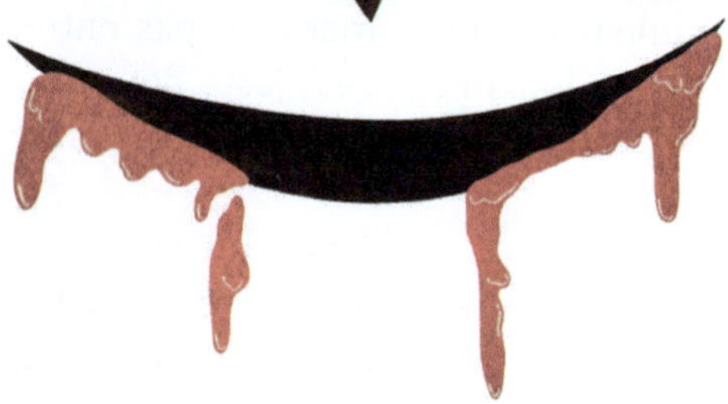

Illustrations de Maison Nuit

Je te demande pas de comprendre ce que j'ai vécu. J'en ai rien à taper, de ton regard semi-compatissant, de ton émotion. De tes yeux remplis de larmes. De tes faux-semblants. C'est quoi, d'ailleurs, de la tristesse ou de la peur ? Tu vas seulement m'écouter. C'est quand même pas si compliqué, non ? Tu te poses. Tu t'arrêtes. Tu m'écoutes.

Mais bien sûr que tu m'écoutes. Mon apparence aide bien, je parie. Elle te repousse, hein ? Je suis sûr que t'as jamais vu quelqu'un comme moi. Y'en a même qui finissent par s'évanouir, tu sais ? Tu crois franchement que je l'ai choisi ? Tu crois que j'aime être comme ça ?

J'ai l'habitude de subir ton regard. Ça date pas d'hier. C'est pas constant. Tu marches dans la rue, tu as tout oublié, et là tu croises quelqu'un. Il te regarde. Et tu vois. Tu vois ses yeux. Bam, ça te retombe dessus. Et tu te rappelles qui tu es. Surtout, d'à quoi tu ressembles. Et tu ne sais plus qui déteste le plus ton physique : toi ou les autres.

Enfin, ça c'était avant. Maintenant, je me cache, plutôt. Je sors que de temps en temps. T'as pas eu de bol, toi.

Mes problèmes, ça remonte à aussi loin que depuis que j'existe. En tout cas, depuis que mon cerveau a appuyé sur enregistrer.

C'était à l'école maternelle. On aurait dit une ville sans histoires, un gamin sans histoires, des parents sans histoires, des amis sans histoires, sauf qu'en fait, tout ça c'est qu'un ramassis de mensonges, on en a tous des histoires, des tares, des merdes à porter qui te serrent le cœur, même quand t'es enfant, et le béton de toutes les villes sans histoires est imprégné de la tristesse, des cris, des désillusions de chacun. Y'en a plein, des auteurs, pour te dire que le monde est rempli d'histoires,

mais ils sont nombreux à oublier qu'elles sont merdiques. Les histoires, tout le monde en a, et ça craint vraiment.

La mienne, c'est que j'étais gros.

Depuis tout petit. J'étais pas de ces gamins dont les parents se plaignent et s'extasient en même temps de leur refus de toucher à la nourriture. Moi, j'aimais bien manger, j'ai toujours aimé ça, et, au début, je crois que mes parents aussi. Ils étaient même contents. Ils ont passé leur temps à me le répéter, plus grand, que je bouffais de tout, même des trucs qu'aucun enfant acceptait : les mollusques, les fromages, j'étais curieux de tout ce qui pouvait être avalé.

Bon, bah, forcément, j'ai commencé à être potelé. Au début, ça passe quand t'es tout petit, parce que tous les nourrissons ressemblent à un nuage de chair. Mais il s'agit de se reprendre, et de s'y mettre, comme s'est plu à le dire mon père. Et moi, ça n'a pas marché. C'est pourtant pas faute de m'avoir traîné dans tous les clubs de sport de la ville en espérant que j'allais maigrir. Pas de bol : j'ai continué à grossir.

Reste là, j'ai dit ! T'auras beau gigoter, ça changera rien. C'est trop tard pour toi comme pour moi.

Je disais : le sport n'a servi à rien. Je t'ai parlé des yeux tout à l'heure, bah voilà. Là j'ai commencé à voir une étoile dans les leurs. Un genre d'astre plein de tristesse. Je comprenais pas ce qu'il se passait. Instinctivement, je voyais bien qu'ils ne regardaient pas ma sœur et mon frère pareil. Même entre eux. C'était juste moi.

J'étais le vilain petit canard. Pas de surprise à la fin, t'auras bien remarqué, hein, que je me suis pas transformé en cygne.

Ce qui est pratique avec la cruauté des hommes, c'est que, même si tu gênes tout le monde et que tu comprends pas pourquoi, c'est toujours temporaire. Y'aura toujours un monstre plus méchant — et donc plus courageux — que les autres pour te dire en face le dégoût que tu leur inspires.

Pour moi, ce monstre, il avait un nom : Hector.

Quand je suis arrivé à l'école, j'ai été tranquille pendant un bon moment. J'avais même des amis. Je jouais avec eux, j'étais en cours avec eux, on riait des mêmes choses. Je savais pas encore lire, mais je savais que j'étais heureux. J'étais un petit garçon content, quoi.

Y'en a qui pensent que les enfants sont des êtres doux et sensibles. C'est pas tout à fait vrai. Quand ils ont envie de faire souffrir quelqu'un, les gosses martyrisent les leurs plus violemment qu'un chien. Je pense même que certaines statues leur inspireraient plus de sentiment.

Je revois encore la salle de sport dans laquelle tout a commencé ; je sens encore son odeur un peu rance ; le contact des matelas en plastique. Toute ma classe en file, puis le début de la course ; ma déception quand je vois que j'arrive dernier. J'avais un peu d'asthme, mais personne s'était vraiment donné la peine de s'interroger là-dessus. De toute manière voilà, je courais pas vite, et j'ai perdu.

Hector l'a vu et ça l'a bien fait rire. Il m'a balancé, assez fort pour que tous les autres entendent, un truc du genre : « Eh, le Vorace, pourquoi tu te fais dépasser par toutes les filles, alors qu'avec tout le beurre que tu bouffes tu devrais super bien glisser ? ». Elle est nulle, hein, cette réplique ? Elle est même pas drôle, hein ? Elle est sexiste, en plus. Pourtant pour moi, elle a tout changé. Tous les autres ont explosé de rire. J'ai eu honte comme jamais j'avais eu honte. J'avais envie de pleurer, de me rouler en boule et de disparaître comme une goutte dans le sol. D'être aspiré à tout

jamais. Mais je savais aussi que pleurer aurait aggravé les choses. J'ai essayé de me retenir et notre prof de sport nous a séparés pour calmer les moqueries. C'était trop tard.

À partir de ce moment-là, trois choses se sont produites : d'abord, mes amis et les autres élèves ont complètement changé de comportement avec moi. Au début, c'était des moqueries. Après ça, c'est devenu du mépris. Et enfin, du dégoût. J'avais l'impression qu'on voulait même plus me regarder.

Ensuite, Hector a commencé à me frapper. Quotidiennement. Je vivais en voyant le regard vide des autres, et le sourire avide de violence d'Hector. Jour après jour.

Enfin, c'est aussi à ce moment-là que j'ai constaté que j'avais changé. Je me trouvais plus gros bien sûr, je ne voyais plus que ça même ; mon corps entier créant des coins et des replis. Mais il n'y avait pas que ça. Je me réveillais souvent la nuit, quand les bleus provoqués par les coups de poing me lançaient trop. Et un jour, alors que je marchais dans la maison plongée dans les ténèbres, pour aller aux toilettes, je suis passé devant un miroir. Il y avait un souci. Mon visage paraissait légèrement différent. Comme une sorte de... déformation. Ma bouche semblait esquisser un sourire, mais un peu trop grand, presque disproportionné par rapport à mon visage.

Le lendemain, je me suis dit que c'était un rêve. Tout le monde

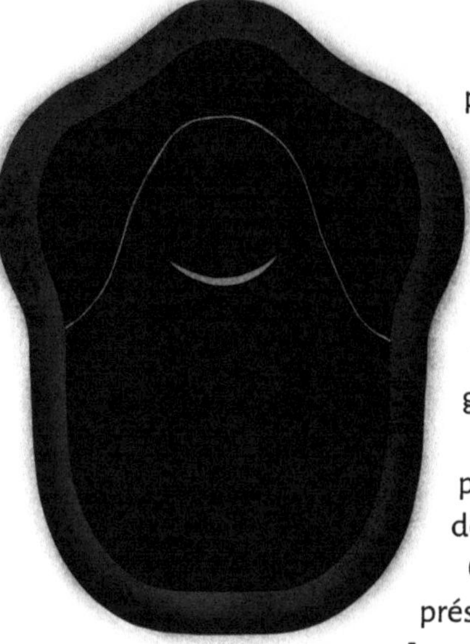

passait son temps à me dire que je mangeais trop, quoi de plus normal que de finir par rêver que ma bouche était trop grande ? Mais j'avais beau tenter de me raisonner, je savais qu'il y avait autre chose. C'est arrivé une fois. Deux fois. Trois fois. Trop de fois, et c'était trop réel. Quelque chose changeait en moi.

Pour les autres, c'était définitif ; je n'avais plus de prénom, et j'allais garder le surnom de la blague moisie d'Hector : le Vorace.

C'était ce que j'étais pour tout le monde à présent. Le gros Vorace. De jour comme de nuit.

Je continuais à subir des coups quotidiennement. Les gens te diront toujours : on finit par s'habituer à tout. Je peux t'assurer que c'est pas vrai. Chaque coup se gravait dans ma chair comme une lame. Elle y laissait un vide douloureux, rempli par la violence.

Bien sûr, un jour, ça a fini par déraper. Comment aurait-il pu y avoir une autre issue ?

C'était au printemps. Dans la cour d'école. Hector s'est approché de moi.

Quand je l'ai vu arriver, j'ai tout de suite compris ce qui allait se passer. C'était un instinct animal. On sait quand on va se faire péter la gueule. Ça se voit dans le regard de l'autre qui vient pour te démolir, ça se voit dans sa démarche. L'air semble même changer de couleur. Il paraît malade. Tout devient terne et se prépare pour ta souffrance. Le poing d'Hector était refermé sur un objet brillant. Un genre de grosse bille, nous, on appelait ça des calots. Il était pas tout seul d'ailleurs, y'avait toujours des charognards pour le regarder et s'en délecter. Les autres enfants voulaient voir du sang. Ils voulaient voir le Vorace se faire éclater, ils allaient être servis.

Je comprenais même pas comment Hector pouvait être aussi cruel. Ça dépassait mon entendement. Au début, je me suis tétanisé, puis, un peu comme n'importe quel animal en danger, mes jambes m'ont intimé de courir. Ça devait être prévisible, parce que je me suis retrouvé fermement tenu par deux des gamins bien plus vite que je ne l'aurais cru. C'est à ce moment-là que j'ai compris à quoi allait servir le calot : à alourdir le poing d'Hector, pour lui permettre de frapper plus fort. C'est ce qui s'est passé.

Je l'entends encore dire : « Tenez-le bien les gars, il glisse ! »

Aucun moyen de s'en sortir. Il me frappa une fois. Son poing était effectivement plus lourd. Puis deux. Ça faisait bien plus mal. Puis trois. Je sais même pas comment je suis resté conscient. C'est comme si quelqu'un avait perforé la peau de mon ventre. Puis quatre. Normalement Hector s'arrêtait toujours à quatre. Il y avait un problème. Puis cinq. Est-ce que ça allait s'arrêter ? Pourquoi il faisait ça ? Six. Comme si mon ventre était devenu un trou brûlant. Sept. Un trou dont sortaient mes entrailles comme de la chair à saucisse d'un hachoir. Huit. Pourquoi ? Neuf. Je le savais, mon ventre allait vraiment céder,

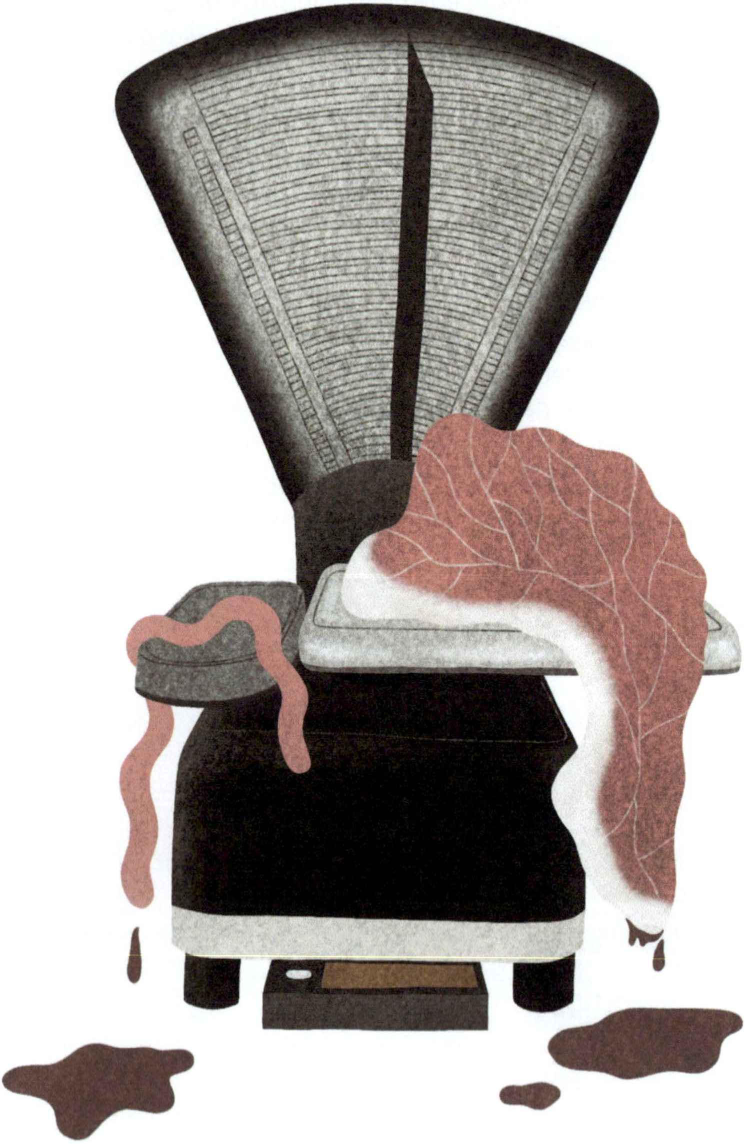

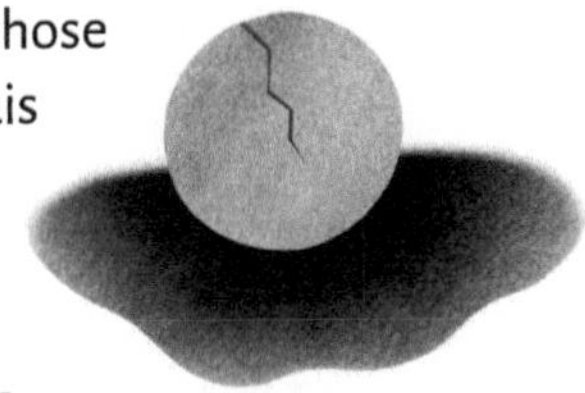

c'était plus une impression. Dix. J'ai entendu quelque chose craquer, dans mon ventre ou dans le ciel. Onze. Je me suis résigné à mourir. Douze.

« Plus, ça porte malheur ! » et les autres m'ont lâché. C'était fini.

Hector a fait mine de partir, puis s'est retourné, et m'a lancé le calot dans le ventre.

Treize.

C'est à ce moment-là que j'ai commencé à vomir. C'était du sang, avec des genres de morceaux gélatineux à l'intérieur. Peut-être que c'était une partie de mes organes, j'en sais rien. J'ai juste entendu quelqu'un hurler : « Vous êtes complètement fous ! Qu'est-ce que vous avez fait ? »

Puis je me suis évanoui.

Je me suis réveillé à l'hôpital, avec l'impression que la chair de mon corps était à vif. Mon ventre était violet, marqué par les coups. Je me sentais complètement vidé. J'avais l'impression d'être mort, ce jour-là, et que, même si je m'étais réveillé, ce n'était plus vraiment moi. Quelque chose d'autre vivait à présent en moi : la souffrance. Au fil des semaines, les ecchymoses se résorbaient et pourtant, au niveau de mon ventre, là où la bille avait frappé, je sentais un point de plus en plus sensible.

C'était un vide dans lequel logeait la douleur.

Au début, je m'en suis plaint. Mes parents ont paniqué, j'ai fait tous les examens possibles et imaginables. Mais rien. Pour les médecins, c'était rien. Ils disaient que c'était peut-être lié au traumatisme, que j'imaginais la douleur, ou que je la revivais. Mais la douleur que je sentais, elle était réelle.

Elle l'était tout autant que mon sourire, la nuit. Maintenant, j'en avais la certitude : mon visage changeait. Je devinais même ces déformations le jour. Personne ne s'en rendait compte. J'étais peut-être le seul à le voir, ou bien personne ne m'avait suffisamment regardé pour s'en rendre compte.

Je me suis demandé si je n'étais pas en train de devenir un monstre.

Anselme Dominski

Le tabassage en règle a fait scandale à l'école. Hector s'est même fait renvoyer. Les autres ont été obligés de me faire des excuses et de promettre qu'ils ne recommenceraient plus, mais mes parents ne les ont pas crus. Je pense qu'ils avaient raison. Du coup, j'ai changé d'école.

Les raisons pour lesquelles j'avais été déplacé en cours d'année se sont sans doute sues, et les gens m'ont évité. Je crois que je les repoussais. Je me demande même si je ne leur faisais pas un peu peur. Mais au moins, plus personne ne me frappait.

Je suis arrivé au collège. J'ai commencé à avoir vraiment honte de moi. Honte de mon apparence. On me faisait toujours comprendre que j'étais gros. Le regard que j'avais vu chez mes parents des années plus tôt, je le revoyais dans leurs yeux. Quand je rentrais chez moi et me regardais dans la glace, je me disais qu'avec un couteau, je pourrais peut-être couper tout ce qui dépassait pour me débarrasser de mon gras. J'aurais des cicatrices, mais je serais enfin comme tous les autres. Comme dans ce film que j'avais vu à la télé alors que mon père s'était endormi. J'aurais coupé des steaks de moi et je les aurais posés dans la balance. Combien de grammes ça pouvait représenter ? Combien de kilos ? Je n'aurais jamais eu le courage ou la stupidité de le faire. Mon ventre, depuis Hector, continuait à me faire souffrir et le simple contact de mon tee-shirt était déjà difficile. Alors appuyer une lame dessus...

J'ai commis une erreur monumentale : j'ai parlé de tout ça aux derniers amis qu'il me restait. Des déformations. De mon envie de me couper. De la douleur. Je leur expliquais que parfois même, ça m'empêchait de réfléchir. Que, pour essayer de remplir le vide dans l'estomac, je mangeais des trucs, pour faire taire la souffrance.

Ils m'ont juste répondu que j'étais tordu.

Et puis ils m'ont soigneusement évité, après avoir tout raconté à qui voulait bien l'entendre. En plus d'être le gros repoussant, j'étais devenu fou. À leurs yeux, j'étais encore plus le Vorace qu'avant.

Les déformations se sont accélérées, et chaque soir où je descendais pour chercher des antidouleurs ou rêver de me découper le corps, je voyais que mon sourire gagnait quelques millimètres. Ça grandissait autant que le vide dans mon ventre. J'étais en train de devenir un monstre et j'étais seul.

Ça a continué au lycée.

J'habitais pas dans une grande ville, et les gamins bizarres, ils finissent toujours par être connus de tous. Je l'ai compris à l'instant où j'ai passé la grille.

Personne ne me parlait de mon sourire gigantesque. Pourtant, il était tellement grand que j'en voyais les commissures dans mon champ de vision. Mais non ; eux, ce qu'ils voyaient, c'était mon ventre.

J'avais dû arrêter les antidouleurs depuis un moment. Les médecins refusaient de m'en prescrire à nouveau. Pour eux, j'étais plus qu'une boule de chair traumatisée, y'avait plus rien à faire. J'ai tout essayé pour combler ce vide. La nourriture, ça faisait rien. Je pouvais pas m'arrêter d'en ingurgiter, mais je savais que c'était pas efficace. Une nuit, j'ai trouvé mieux ; j'étais en train de rôder dans la maison, et j'ai aperçu la bouteille de whisky que mon père laissait parfois traîner dans le salon. Je me suis dit que ça pouvait pas faire de mal, au point où j'en étais. J'ai senti le liquide enflammer mes lèvres, puis ma gorge. J'ai commencé à avoir chaud. Je sentais que ça rentrait dans mon ventre, que ça se logeait là où j'avais mal. La douleur s'effaçait un peu.

J'ai bien dormi cette nuit-là. Ça faisait longtemps.

J'ai commencé à boire de manière plus régulière. J'achetais des flasques au supermarché, c'était discret et ça me permettait d'en transporter partout avec moi. Plus personne ne me parlait, mais j'avais la paix. J'avais aucune chance d'avoir mon bac, mais j'avais la paix. C'était bien. Je pense que ça a été une des meilleures années de ma vie. Le

week-end, j'étais même plus obligé de me lever, du coup, je pouvais boire une bouteille entière ! C'était vraiment génial. J'utilisais les bords de mon sourire pour laisser couler le liquide jusqu'à ma gorge, comme une cascade. Forcément, je pouvais pas faire ça chez moi. Alors, je trouvais des coins un peu reculés ; les recoins du square, fermé la nuit, à côté de chez moi ; les terrains vagues aux abords des routes en construction ; et, bien sûr, mon coin préféré, l'espace sous les gradins du terrain de foot qui jouxtait la forêt. Parfois, il m'arrivait de croiser du monde. Des sans-abris, des ados qui jouaient à se faire peur. En général, ils fuyaient dès qu'ils me voyaient, ça me cassait le délire. Je voulais être seul. Le terrain de foot était plus loin, mais au moins l'isolement était vraiment total. Parfois, je disais à mes parents que j'allais dormir chez un ami pour passer la nuit là-bas. Eux, ils étaient tellement heureux de plus me voir pendant une soirée qu'ils acceptaient sans me poser une seule question.

Malheureusement, ça n'a duré qu'un temps. Ça faisait de moins en moins effet. J'ai dû augmenter les doses. Surtout en journée. Je volais déjà pas mal d'argent à mes parents, qui avaient choisi de fermer les yeux, mais les sommes ont commencé à être importantes. Quand je me suis écroulé, complètement ivre, en plein cours, et que le lycée les a appelés, ils ont fait le lien.

En rentrant, j'ai trouvé mon père dans l'entrée. Il m'a hurlé dessus pendant des heures. Je sentais la colère monter en moi, et surtout le creux de mon ventre, qui recommençait à me lancer. Il a fini par m'insulter en me disant qu'ils avaient raison, les autres : j'étais un monstre. J'ai vu dans son regard que je n'avais plus de nom pour lui que celui que mes camardes de primaire m'avaient donné. Vorace, Vorace, Vorace ! Je l'ai poussé violemment, je suis monté dans ma chambre. J'ai ramassé les dernières bouteilles qu'il me restait, environ 200 euros que je leur avais volés, et je me suis barré de chez moi. Ma mère m'attendait à son tour, mais je lui ai pas laissé le temps d'en rajouter une couche. Je l'ai juste entendue, pendant que je m'éloignais de la maison : « Ne reviens plus jamais, tu m'entends ? » Je lui ai obéi.

Le vorace

Comme c'était l'été, les températures étaient agréables, et je pouvais dormir dehors sans problème. Je n'allais plus au lycée. Je restais sous les gradins du terrain de foot. C'était un peu comme un nid rassurant pour moi. J'avais tout claqué en whisky et je me saoulais toute la journée. Toutes les semaines, je volais une caisse livrée à un bar de la périphérie. J'avais plus besoin d'argent. J'en profitais pour prendre de quoi manger, en général des sachets de gâteaux apéritifs.

Le problème, c'est que c'était plus comme avant. L'effet était en train de disparaître. La douleur revenait encore. Je pleurais en marmonnant à longueur de temps. Je ne comprenais pas comment j'avais pu en arriver là. J'en voulais à tout le monde. C'était leur faute. Moi, j'avais juste un peu trop mangé. Et eux, ils m'avaient transformé en monstre. Personne avait cherché à me comprendre. À comprendre pourquoi j'avais mal.

Je me rappelais tout le temps de leurs yeux. Ça m'énervait.

J'ai passé un mois sous les gradins. Et puis un soir, alors que j'étais entre le sommeil et le déchirement, j'ai entendu un bruit au-dessus de moi : quelqu'un était en train de monter les marches. Il s'est assis et a allumé un joint. Je me suis levé doucement, pour qu'il ne m'entende pas. Je me suis placé sous lui. Il me suffisait de sauter et de tendre les bras pour l'attraper. Ce soir-là, le temps était clair grâce à la lune, on voyait très bien. Le type regardait son téléphone. J'ai supposé qu'il attendait quelqu'un.

Comme je m'étais levé, la douleur avait repris de plus belle. J'avais l'impression qu'une secousse, depuis l'épicentre de mon nombril, faisait pulser mon sang jusque dans mes oreilles. Je n'avais vu presque personne depuis une semaine et voir ce type qui, lui, avait eu le droit de vivre sa vie sans jugement, sans remarques, sans se faire tabasser pour rien, ça me rendait fou. Pendant un instant, ce gars a incarné des années de méchanceté, de mépris, de pression, toutes les

émotions négatives que les autres m'avaient transmises. En le regardant fixement, j'ai senti que mon sourire grandissait encore. Il épousait presque la forme de la lune.

J'en ai eu assez. J'ai sauté pour l'attraper. J'ai atteint sa ceinture et j'ai tiré de toutes mes forces. L'autre a poussé un cri de surprise, puis un hurlement de douleur. Il s'est plié en deux parce que l'écart entre le banc des gradins et le trou qui menait jusqu'à moi était trop petit. Mais je me suis pas arrêté. J'ai continué à tirer de tout mon poids. Le type ne hurlait plus, on aurait plutôt dit une sorte de gargouillement. Quelque chose en lui avait dû céder et il avait la bouche trop pleine de sang pour pouvoir crier. Il commençait à venir, alors j'ai pris appui sur le dessous du banc avec mon pied et j'ai tiré d'un coup sec. Son corps a craqué et nous sommes tous les deux tombés lourdement sur le sol.

Quand je me suis relevé, il ne faisait plus aucun bruit, mais il bougeait. Il était sur le dos et essayait vainement de se retourner pour partir. Je me suis approché de lui.

Il a écarquillé les yeux et a essayé de parler, sans succès. Il ne regardait pas mon corps comme le faisaient tous les autres d'habitude, avec cette moue de mépris. Il regardait, en pleurant, ma bouche. Il regardait mon sourire. C'est comme ça que j'ai compris. Il voyait enfin. Tout le monde voyait enfin ce à quoi je ressemblais vraiment. Ce mépris, que je ressentais depuis des années, s'est transformé en peur. J'en avais plus rien à faire. C'était sa faute si je me transformais. C'était la faute d'Hector, de ses amis, de mes parents, de tous ces regards.

Et du tien aussi.

J'étais enfin le Vorace, celui que je devais être. Et je savais ce qu'il me restait à faire.

Je me suis avancé vers lui lentement. Mon ventre m'ordonnait de le faire. Je ne contrôlais plus rien. Je voulais me venger de leurs yeux. Alors j'ai plongé mes mains dans ses orbites. Ça a fait un bruit de craquement dégueulasse, et des bulles de sang, sûrement des hurlements qu'il essayait de sortir, s'écoulaient de sa bouche. Y'en avait partout. Tout son corps tremblait, mais mon sourire était assez lourd pour le maintenir en place. Les globes sont venus, attachés aux nerfs. J'ai tiré d'un coup sec, et du sang a commencé à jaillir de ses orbites. Un dernier craquement, puis plus rien. Il était mort.

J'avais faim. Alors j'ai dévoré ses yeux. C'était visqueux et chaud. D'un coup, comme avec l'alcool un an auparavant, la douleur s'est calmée. J'ai compris le sens de ma nouvelle existence. J'ai compris comment survivre. Je devais éteindre les regards faussement compatissants, hypocrites. Je devais les détruire.

J'ai entendu un bruit dans le silence de la nuit. Visiblement, ma victime attendait bien quelqu'un, qui avait fini par arriver. J'avais plus faim, et plus mal. J'ai décidé de disparaître dans l'ombre des arbres. Ma nouvelle apparence ne me permettait plus de rester visible. Je devais disparaître le jour, et n'apparaître que dans l'obscurité.

Anselme Dominski

T'imagines ? Ça fait des années maintenant. Et rien n'a changé dans vos yeux, absolument rien. Vous me mépriserez toujours. Mais maintenant, vous m'avez aussi donné le pouvoir d'en finir avec vous. Un par un. Arrête de pleurer. Ce n'est pas parce que je t'ai raconté tout ça que tu vas t'en sortir. C'est trop facile, sinon. Tu crois que ça marche comme ça, le pardon ? Tu comprends enfin le problème, tu pleures pour faire semblant, et tu t'en tires à bon compte ? C'est hors de question. Ne me prends pas pour un con. Tu es coupable, comme tous les autres. Le monde est coupable, et je l'engloutirai. Peu importe le nombre, peu importe le temps. J'ai toutes les nuits de l'existence pour m'acquitter de ma tâche. Je serai partout. Je ne m'arrêterai jamais. Bon, donne-moi tes yeux maintenant.

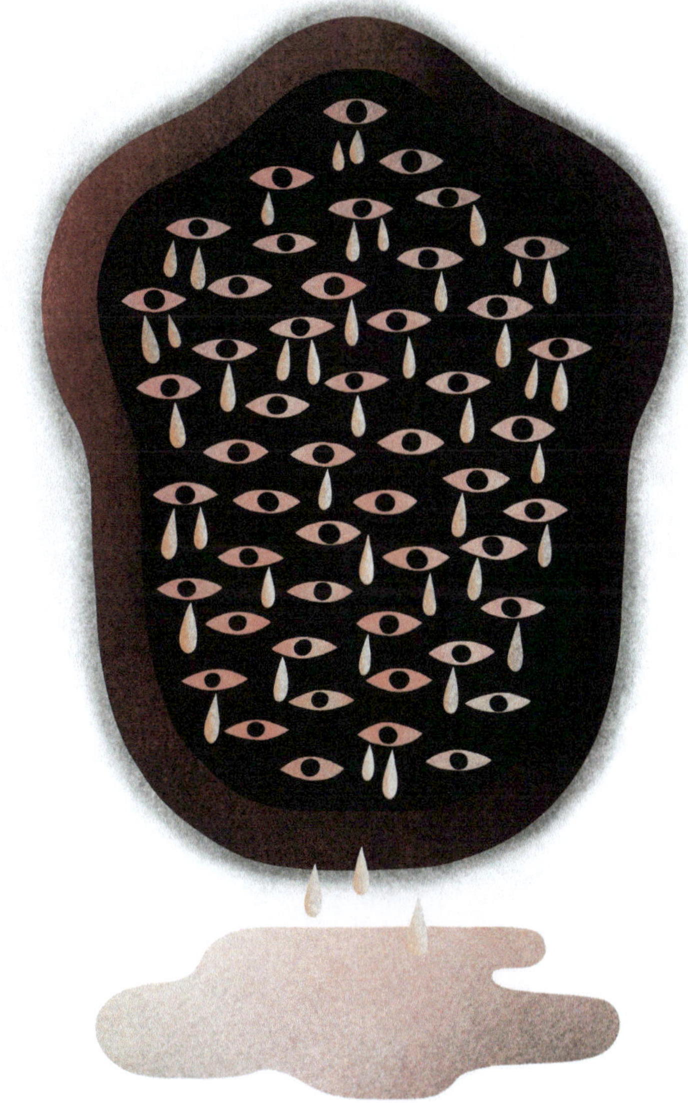

Extractivisme

Alors que notre niveau de confort n'a jamais été aussi élevé de toute l'histoire de l'humanité, notre innocente gourmandise s'est transformée en gloutonnerie.
Notre confort actuel est construit sur un pillage de richesses naturelles. L'eau, le sol, les gens... exploités de manière intensive pour maximiser les rendements à court terme.
Nous sommes tous·tes aliéné·es, damné·es, consommateur·ices consommé·es par un système violent dont nous sommes, malgré nous, partie intégrante.
Grâce à l'agro-industrie, un simple repas représente à présent notre péché collectif de gourmandise.

Eris Dar

Et voilà
la purée !

Je sers.

Dis-moi
stop !

Bon ...
N'hésite pas
à te reservir.

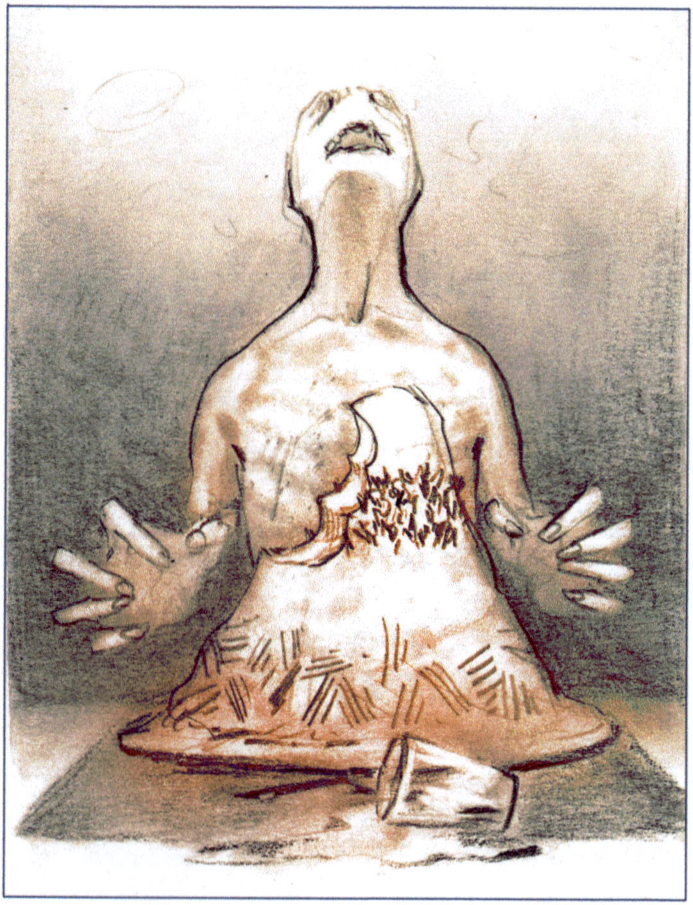

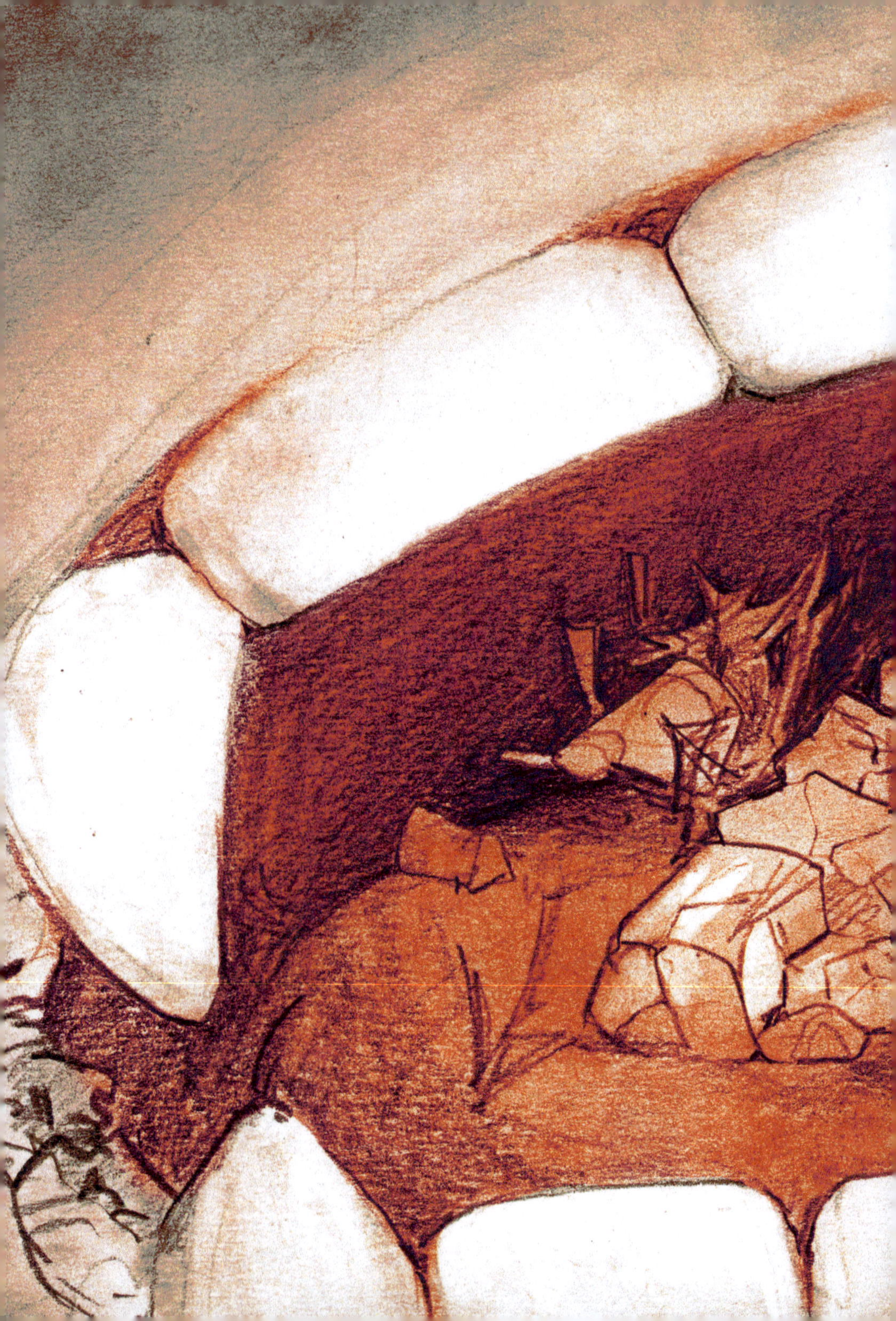

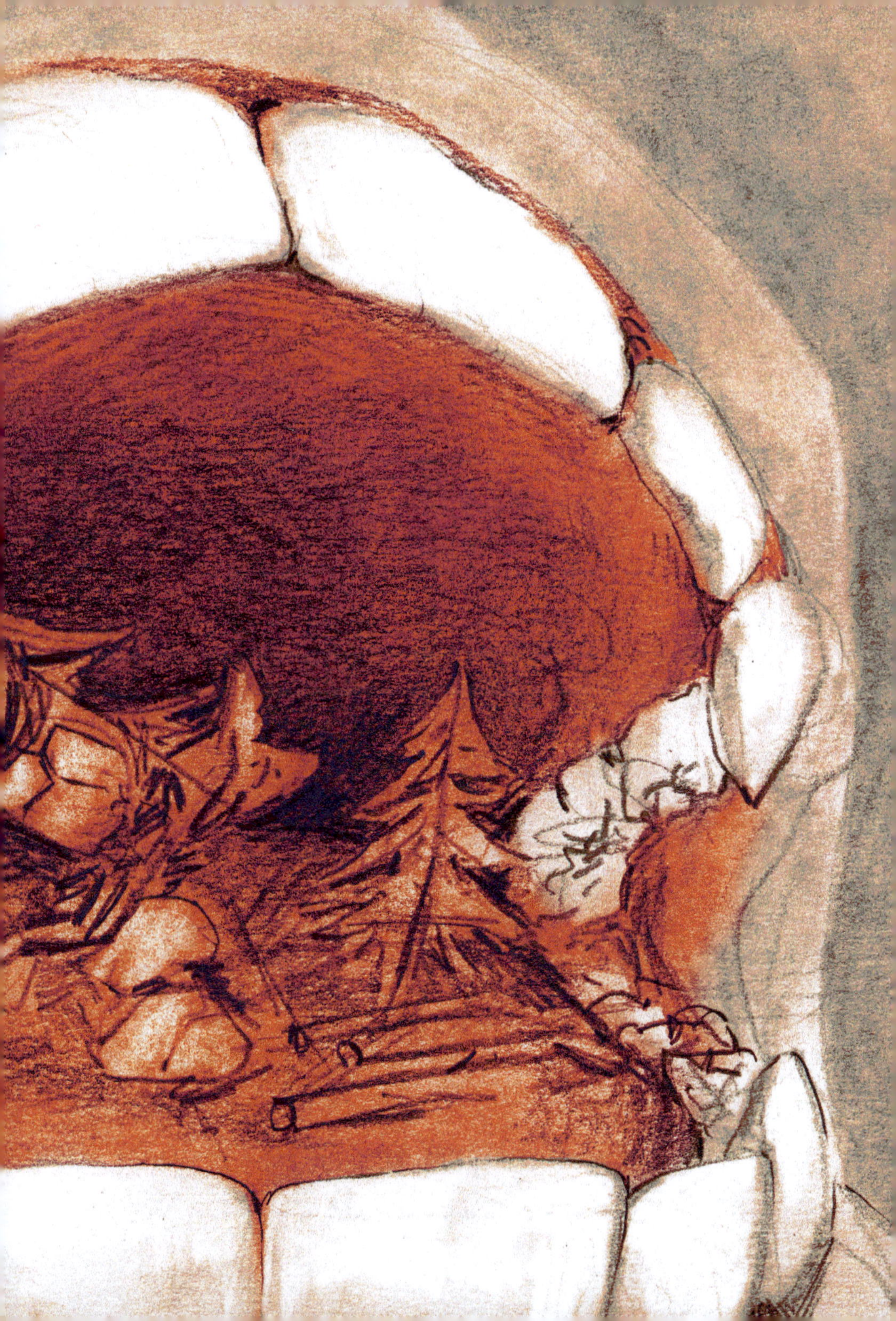

Valentine Deprez

LE GOÛT DE LA SALIVE

illustrations
d'Annabelle Mai

Je ne me souviens plus du jour où, pour la première fois, j'ai réussi à saliver sans trouver ça honteux, du jour où j'ai cessé de croire que ma gourmandise était mon propre poison, et de celui où j'ai enfin pu voir les aliments pour ce qu'ils sont : une texture, une odeur et un goût que l'on aime ou non.

C'est venu petit à petit, repas après repas. J'ai découvert que manger pouvait être une fête, qu'on pouvait rire autour d'une table, qu'on pouvait dire qu'on aimait quelque chose même si c'est gras ou sucré, et que ça n'est ni grave ni honteux. J'ai découvert autour de mes vingt ans, en tailleur par terre, une bière à la main et avec des ami·es, qu'on pouvait être gourmand·e et s'en foutre, voire mieux, s'en réjouir.

J'ai appris à goûter, dans la cuisine de mon petit studio parisien, la saveur du bout de chocolat après une grosse journée, celle du plat que l'on se ressert, parce que c'était trop bon et le goût de la cuillère qui finit la casserole. J'ai découvert que la pomme était encore meilleure avec de la cannelle et le riz avec de l'huile d'olive.

Auprès de gens que j'aime, j'ai découvert le goût de la bouchée que l'on pique à la volée dans l'assiette de l'autre, et celui de la fourchette qu'on nous tend, le goût du croissant qui dit « reste encore un peu » et celui du repas qui a la saveur d'un « je t'aime ». J'ai découvert les doigts pleins de sel qu'on lèche avec envie entre deux frites, au beau milieu d'une nuit d'ivresse, dans des rues sombres qui laissent résonner les rires, et les doigts pleins de confiture après une tartine remplie de trous.

J'ai découvert ça, petit à petit, autour de mes vingt ans.

Avant ça, pour moi, la gourmandise n'était qu'un vilain défaut.

Enfant, j'étais en léger surpoids. Alors, dès mon plus jeune âge, les adultes m'ont appris que je ne devais pas me laisser aller à la gourmandise.

Très tôt, si mon grand frère — lui aussi plus grand et plus lourd que la moyenne des enfants de nos âges — avait « bon appétit », je devais faire attention à mes portions alimentaires « pour ma santé ». J'ai alors appris qu'il y avait de bons et de mauvais aliments, et qu'ils ne se définissaient pas par le goût que j'avais ou non pour eux mais par leur capacité à ne pas me faire prendre de poids. J'ai appris à ne pas me resservir, même si j'en avais envie : j'ai appris à me méfier de mon envie et à faire taire ma gourmandise.

Je ressentais le plaisir de la tarte aux pommes encore un peu chaude, celui des bonbons qui collent aux doigts pendant les goûters d'anniversaire, le ventre qui fourmille d'envie en sentant le gratin dans le four ou l'odeur du pain en entrant dans la boulangerie. Ça me plaisait mais j'étais persuadée d'en être coupable. J'avais bien intégré la leçon : la gourmandise est un vilain défaut.

À douze ans, comme j'étais toujours en surpoids, j'ai pour la première fois rencontré une nutritionniste. C'était un mercredi après-midi, à l'hôpital dans lequel travaillait mon père et ça n'a pas duré très longtemps. La dame, d'une quarantaine d'années, m'a pesée : 68 kilos, mesurée : 1m67, m'a demandé mon âge : 12 ans, puis a calculé mon IMC : 24,7. Elle a dit que j'étais en surpoids, mais que de toute façon, étant donné mon gabarit, je ne serai jamais vraiment mince. Elle m'a demandé quelles étaient mes habitudes alimentaires, et comme je ne savais trop quoi répondre, elle m'a donné une fiche à remplir au quotidien, avec ce que je mangeais. Elle m'a aussi rappelé l'importance de l'exercice physique.

À partir de ce jour-là, j'ai dû tailler ma gourmandise à l'échelle d'un tableau Excel et d'un indice de masse corporelle. Je me suis mise à faire du step sur le marchepied panda de la salle de bain, avant de finalement demander à mes parents un vélo d'appartement comme cadeau de Noël.

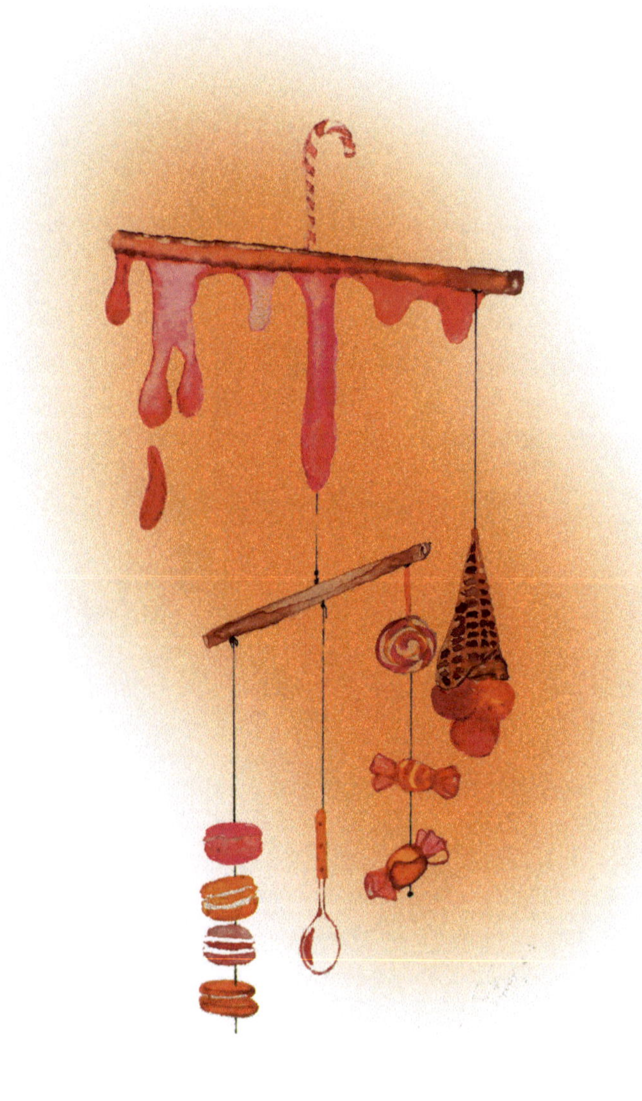

Pas de place pour le bonbon que la copine passe discrètement sous le bureau, pour les cerises cueillies sur l'arbre à 18 h entre deux parties de cache-cache, pas de place pour le supplément de gâteau de mamie.

Le bout de chocolat sur un coin de la table ne pouvait pas non plus exister, il ne rentrait pas dans la case.

La gourmandise devait être chronométrée, pesée puis classée, bref, il fallait faire taire le désir.

Alors, tableau après tableau, les aliments ont commencé à perdre de leur saveur et à se transformer en valeurs nutritionnelles.

Les fraises n'avaient plus le goût sucré de l'été, cent grammes de ces fruits valaient 36 calories et 6 grammes de sucre.

Deux carrés de chocolat en dessert, ça n'était plus de la gourmandise mais 10 grammes de sucre et 5 grammes d'acides gras saturés, soit 5 grammes de sucre et 4 d'acides gras saturés de plus que si je prenais un yaourt (sauf si j'y mettais de la confiture).

Les pâtes n'avaient plus ce goût réconfortant, je ne m'amusais plus à tourner les fils de fromage sur ma fourchette pour faire monter l'attente et le plaisir de n'en faire qu'une bouchée, mon assiette ne représentait que 72 grammes de glucides, 8 grammes de lipides et 10 de protéines. Soit environ 510 calories et une bonne heure de vélo d'appartement pour tout éliminer.

Le matin je m'évertuais à ne pas manger plus de 300 calories, comprenant moins de 30 grammes de glucides (deux tranches de pain), 10 grammes de sucre (un fruit, et s'il était trop gros alors je n'en mangeais que la moitié) et le moins de lipides possible, tout cela sans questionner le moins du monde ma faim.

Exit aussi — évidemment — le chocolat chaud, les jus de fruits et toutes autres boissons qui n'étaient pas de l'eau. Et si ma mère essayait bien malgré tout de me faire boire le matin, cappuccino, chicorée, lait vanillé ou à mille autres saveurs, rien n'y faisait. Face au bol plein et fumant, je ne voyais que 105 calories qui me semblaient inutiles, de trop, voire répugnantes.

Sur le vélo d'appartement sur lequel je pédalais quotidiennement, je ne m'arrêtais pas lorsque l'écran m'indiquait 45 ou 60 minutes, mais lorsqu'il m'indiquait 500 calories dépensées.

Petit à petit, les aliments n'avaient plus pour goût que celui de la sueur que je verserai pour les éliminer. Chaque bouchée n'était qu'un poids et mes assiettes n'étaient plus que des grandes équations mathématiques.

Et à mesure que le désir disparaissait de ma vie, je recevais de plus en plus l'approbation du monde extérieur. De ma famille qui me trouvait « mieux » (entendez par là plus mince), des hommes dans la rue et de mes pairs : j'avais enfin des ami·es au collège.

Plus je faisais taire mon désir de manger, plus je mincissais, et plus je semblais exister aux yeux du monde. Alors, j'ai commencé à me peser de plus en plus souvent. Je m'assurais que je perdais du poids, mais je m'assurais surtout de ne plus avoir envie. Ça n'était pas tant les kilos que je perdais de jour en jour que ma gourmandise, puis tout simplement le désir de manger.

Rapidement, mes journées ont commencé à ressembler à cela :

Réveil

Pesée (avec pyjama)

Toilettes

Pesée (avec pyjama)

Pesée (sans pyjama)

Petit déjeuner (pesée mentale de chaque aliment)

Pesée (avec pyjama)

Douche

Pesée (sans pyjama)

Habillage

Brossage de dents

Pesée (avec vêtements)

Départ pour l'école

Sonnerie de début de cours

Pensées obsessionnelles sur la quantité et la nature de ce que j'allais

ingérer dans la journée
Pensées sur le moment où j'allais retrouver ma balance
Cantine (pesée mentale de ce que j'étais en train de manger)
Pensées obsessionnelles sur le temps de vélo qu'il faudrait que je fasse pour éliminer ce que j'avais mangé
Pensées sur le moment où j'allais retrouver ma balance
Sonnerie de fin de cours
Bus scolaire
Pesée (avec vêtements)
Goûter (pesée des aliments)
Pesée (avec vêtements)
Devoirs (en pensant au vélo)
Vélo (en pensant à ce que je devais faire sortir de moi)
Pesée (avec vêtements)
Pesée (sans vêtements)
Repas (pesée mentale des aliments)
Pesée (avec vêtements)
Vélo
Pesée (avec vêtements)
Pesée (sans vêtements) Pyjama
Pesée (avec pyjama)
Brossage de dents
Lit
Journée à répéter *ad libitum*.

Que faire de la gourmandise dans tout ça ?

Plus rien, à ce moment-là.

Et malgré tout, il y avait quand même au fond de moi, l'odeur du chocolat chaud et des pelures de clémentines en hiver, le souvenir de la cuillère de purée qui tapisse la bouche et réconforte, celui du goût particulier qu'a la dernière part de gâteau, celle qu'on ne mange pas parce qu'on a faim, mais parce que c'est trop bon, et juste pour ça.

J'avais quand même en moi, le goût de la framboise qu'on mange cueillie sur l'arbuste, à n'importe quelle heure, parce qu'il fait chaud, et qu'elle a une belle couleur — cette framboise, le goût du plat qui veut dire « je t'aime » pour la personne qui nous l'a préparé, celui du plat qui nous dit « je t'aime » juste en se laissant manger.

Parfois, je prenais conscience que c'était là, caché au fond de moi, que je savais saliver, que je pouvais avoir envie. C'était dur, je faisais tout pour en éliminer jusqu'à l'idée par le sport. La nuit je rêvais parfois de toute la nourriture que je pourrais manger. Je voyais des festins, des tablées remplies de plats, sentais toutes les odeurs dans mes rêves. Je m'imaginais repue et ravie de l'être, puis je me réveillais en pensant qu'il fallait que j'élimine ces pensées sur mon vélo.

Tout ça a duré une dizaine d'années, et s'est dissipé petit à petit, très lentement, presque sans que je m'en rende compte. Aujourd'hui, j'ai 25 ans, et tous les jours j'apprends encore la gourmandise.

Peu de choses me réjouissent plus que de découvrir une nouvelle saveur, un nouvel aliment. J'aime sentir une odeur nouvelle, puis essayer de deviner si l'objet de mon envie aura la texture que je lui imagine. J'attends avec joie le moment où je vais plonger ma cuillère dans une soupe réconfortante ou dans un plat de pâtes au pesto. Je mange parfois un peu trop, juste pour satisfaire ma gourmandise, et quand je me ressers, je me lance un regard malicieux à moi-même. J'ai appris à aimer le goût de ma salive et j'adore la sentir arriver quand je vois un plat que j'aime. Quand je rencontre de nouvelles personnes, je leur demande quelle est leur plus grande gourmandise, et si elles pourraient me la faire goûter : je vous conseille cette expérience, c'est merveilleux.

Tous les jours, j'apprends encore la gourmandise et je me plais à répéter : ça n'est pas un vilain défaut.

Gluttony

L'embrouillonnement

Le sport

Est-ce que vous avez senti, vous, ce passage du plaisir enfantin de la nourriture à la restriction ou au changement de regard sur votre façon de vous alimenter ?

Anselme : Oui, complètement. De mon côté, ça s'est fixé sur le sport. Quand tu entres au collège, un peu la cour des grands, tes capacités physiques et ton apparence en général sont constamment surveillées. Mais y'a pas que la question des ados entre eux, c'est vraiment le monde entier qui change de regard sur toi. Y'a plein d'adjectifs pour qualifier un enfant de rond, qui sont pas forcément tous péjoratifs. À partir du moment où le corps change, c'est forcément perçu comme une tare.

Nour : Oui, c'est vrai. Avec la corpulence que j'avais, on m'a bien fait comprendre que je gâchais mon potentiel : grand·e avec de longues jambes, etc. Tout le cliché. Je pense que pour répondre à ça, la première chose qui a toqué à la porte c'est l'anorexie mentale, et la pression à être sportif·ve dans mon cas. Je passais mon temps à courir et pratiquer les sports auxquels mes parents m'avaient inscrite pour rentrer dans l'idée qu'iels s'étaient fait de mes capacités physiques. Tout était lié au sport.

Laurie : Ça a dû être vraiment difficile, j'imagine que tu as dû lutter à la fois contre tes besoins biologiques tout en devant contrôler tes émotions...

Nour : Je ne me rendais pas bien compte à ce moment-là, mais oui je pense que beaucoup des violences apparues plus tard (troubles du comportement alimentaire, automutilation, etc.) étaient des réponses à mes émotions et à la faim que j'avais enterrée derrière le sport. Je me suis haïe de pas avoir compris avant que c'était pas une solution sur le long terme.

Laurie : À l'adolescence, je faisais beaucoup de sport et on avait beaucoup de choses à grignoter chez moi, j'aimais le sucré et j'étais plutôt fine. Mais avec la puberté mon corps a changé, j'ai fait le lien entre alimentation et prise de poids. C'était aussi mal vu de trop manger, surtout quand t'es une femme. Tu te compares aux autres aussi, et il y a un standard auquel tu souhaites correspondre quand t'es ado pour être intégrée...

Est-ce que ça n'est pas aussi le moment où l'activité physique devient du sport ? Les enfants courent partout en permanence, c'est une activité d'adulte de « faire du sport », il me semble.

Nour : Quand on se fait étiqueter de gourmand·e, il me semble qu'en grandissant on est poussé·es à faire du sport. Et d'un coup il faut faire plus, être gourmand·e même dans les restrictions.

Laurie : C'est vrai que quand t'es enfant, bouger c'est naturel, ludique. Et maintenant, adulte, tu vas à la salle pour « entretenir ta forme » et c'est pas très marrant. Tu fais du sport pour maîtriser ta santé future, pour acquérir certaines compétences. Enfin, je pense que certaines personnes peuvent aussi aimer ça, trouver un certain plaisir dans l'activité en elle-même, mais tout dépend aussi de la motivation : compétition, plaisir seul, être en groupe, « sculpter » son corps, etc.

Anselme : C'est aussi lié à une question de disponibilité. Quand tu es enfant, tu en as plein, du temps pour te dépenser, alors que ça devient des créneaux contraignants dans ta semaine quand tu es adulte. En plus de ça, il y a une grosse pression autour du sport et du contrôle du corps qui doit avoir partie liée avec notre propre regard sur notre gourmandise. On en avait déjà parlé avec le numéro précédent sur l'envie, mais encore une fois, la façon dont les gens se mettent en scène sur les réseaux a tendance à créer une culpabilité très forte.

Laurie : C'est un peu le paradoxe : y'a à la fois énormément de gens qui postent leurs performances en course ou des photos à la salle, et à côté t'as un tas de photos de brunchs, de bouffe, etc. ●

Cassandra Bonnafous

oui ce dimanche parfait, on peut se retrouver à 15 heures dans un salon de thé si ça te dit ? on pourra se faire un maxi goûter-potins! j'adore leur tarte au citron ici, elle est juste hyper bonne. j'hésite avec la framboise-pistache... ça te dit qu'on partage les deux ? wow les parts sont énormes, je vais jamais manger ce soir après ça! s'il-vous-plait ? c'est possible d'avoir un chocolat chaud à la noisette avec ? merci beaucoup. purée ça fait une éternité qu'on s'est pas vues, alors quelles sont les nouvelles ? ah sympa! oui je l'ai vu la semaine dernière, on s'est fait un resto c'était top! il est content, le boulot ça marche bien en ce moment. le resto était hyper beau, j'ai pris leur burger végé, une tuerie, avec des petits oignons caramélisés là tu sais, et puis les frites de patates douces au curry ça allait hyper bien avec. en dessert j'ai pris un fondant au chocolat mais là c'était vraiment par pure gourmandise.

non mais j'ai pas besoin d'en prendre autant, j'ai même pas faim. je vais plus rien faire après si je mange tout ça, je vais juste dormir, alors que j'ai plein de trucs à faire. allez, j'en prends juste un et c'est fini. nickel, maintenant je me lève avant d'en prendre plus. allez. allez, maintenant. allez bouge. bouge! super, je suis fière de toi. comme quoi, c'est pas si difficile. hier j'ai réussi, je peux le refaire. juste un. un ou deux quoi. bon après celui-ci j'arrête. le dernier. cette fois vraiment c'est le dernier. mais pourquoi je me fais ça ? ça me fait mal, je sais que ça me fait mal, mais je le fais. pourquoi ? pourquoi je m'inflige ça ? qui je nourris vraiment en faisant ça ? aujourd'hui je ne mangerai pas, ou peut-être juste une pomme. ça compensera pour hier. en plus demain je vais bruncher avec les filles, si je mange pas avant j'en profiterai plus demain. pourquoi c'est moins dégradant pour moi d'être gourmande en public ? est-ce que je suis vraiment gourmande ou juste malade?

Laurie Rogez

11 000 Grammes plus tard

Illustré par Scapula

Mon enfer personnel a débuté le jour où j'ai essayé d'éliminer de ma vie l'un des sept péchés capitaux. Au lieu de créer un cercle vertueux où de bonnes actions s'intègrent dans un système de pensées et de croyances qui génèrent perpétuellement le bien, mon acharnement à lutter contre la tentation a failli me conduire à la mort. Parce qu'on ne vit pas très longtemps quand on pèse trente-quatre kilos à l'âge adulte, qu'on s'endort en bradycardie et avec la crainte de ne pas se réveiller le lendemain.

Peu de temps avant mon dix-septième anniversaire, une simple phrase, quelques mots, la réponse à une question, a été la claque dans le dos qui a précipité ma chute. Elle rentrait du laboratoire un midi. Je lui ai demandé : « alors ? ». « Bah, c'est un cancer. » Je me suis levée, je l'ai prise dans mes bras et j'ai commencé à sentir les larmes monter. Elle pourrissait de l'intérieur. Mais elle m'a dit : « pleure pas, ça sert à rien de pleurer. » Merci. Je savais que c'était pas le sel de mes glandes lacrymales qui allait réparer son ADN. J'en avais juste besoin. Alors je les ai ravalées. Et on a mangé. Son sein était en train de périr, c'était la dégringolade dans ma tête et on se comportait comme une famille normale, à manger nos côtelettes de porc et nos haricots. J'ai compris que pour ce repas, et tous ceux qui allaient suivre, j'allais refouler mes sentiments, faire face et avaler chaque bouchée en masquant le fait que le contenu de ma fourchette avait un sale goût d'angoisse.

Mais avec du recul, pas mal de petits cailloux avaient été semés sur le sentier de ma vie pour préparer le terrain du trouble alimentaire.

Depuis gamine, je suis gourmande, très gourmande. De sucre surtout. Je pouvais m'enfiler un pot de pâte à tartiner à la petite cuillère ou manger la moitié de la pâte à gâteau crue. Mais j'étais difficile sur le plan alimentaire, avec un petit appétit, j'étais dans la norme plutôt inférieure de la courbe, mais sans plus, et je me défoulais à la gymnastique. Sur le dernier point, c'est peut-être aussi le fait que dès cinq ans j'ai régulièrement été entraînée à exercer un contrôle extrême sur mon corps qui a contribué à la machinerie. Quand tu te concentres à serrer le cul pour que ton pied atterrisse au centimètre près sur la poutre pour t'éviter un traumatisme crânien, un estomac qui grogne c'est très peu de chose en termes de maîtrise de son organisme. Mon corps normal d'enfant me permettait d'ignorer les complexes corporels.

Puis, il y eut l'adolescence, les hormones et les seins qui poussent. Eh oui, le corps change. Le regard des hommes aussi. Et les petites filles de douze ans qui font le grand écart et portent des justaucorps deviennent les objets du désir des hommes lorsqu'elles ont le malheur de faire un bonnet B. En même temps que les seins poussent croît la prise de conscience de la violence d'être dans un corps de femme. Au départ, c'est juste un truc articulé avec des muscles qui vous permet de vous mouvoir de façon fonctionnelle dans l'environnement. Mais quand vous possédez un utérus, ce corps devient un objet social. Tantôt objet de contemplation, de sexualisation, il comporte son lot d'emmerdes comme saigner tous les mois en ayant l'impression que ses ovaires se tordent dans son ventre. Tantôt source d'injonctions qui ordonnent qu'il est naturel de le torturer pour qu'il corresponde à une norme, à une mode, à ce que l'on attend de vous.

Et moi, dans tout ça qu'est-ce que je veux pour mon corps ? Est-ce que je dois rester mince parce que le 34 est à la mode chez Jennyfer alors que mes hormones me réclament de m'enfiler le paquet de chips ? C'est difficile, quand on a si peu vécu, de savoir qui l'on est. On est en pleine construction, on dépend des autres pour se définir. On va chercher dans toutes les influences autour de nous pour

comprendre ce que l'on est en train de devenir et vers où l'on va. On regarde les magazines qui titrent « BRITNEY A ENCORE PRIS DU POIDS !!!! ». Dans les séries qui nourrissent notre imaginaire, toutes les meufs sont belles et très minces. On reçoit toute cette violence de plein fouet et on se construit avec.

On apprend, en tant que femme, que nos objectifs et notre réussite dépendront du fait de trouver grâce aux yeux des mâles qui tirent sur nos bretelles de soutiens-gorges à la récré. Et pour correspondre, il faut faire attention. Non pas à notre âme, à notre moral, ou à notre bien-être. Il faut faire attention à tous les détails qui s'offrent aux autres, mais certainement pas à ce que nous avons à l'intérieur. Traquer chaque poil de travers, chaque bouton, chaque petit défaut qui n'est en réalité que l'expression de la diversité de la morphologie humaine. Comme les juges lors des compétitions de gymnastique, on défile sous le regard des autres et on perd des points si les critères ne sont pas respectés.

Il faut faire attention à tout. Mais surtout, à ce que tu manges. Pas trop de formes. On pointera du doigt ta forte poitrine ou tes fesses bombées, en considérant que si c'est là, c'est fait pour être touché. Pas trop plate. On te comparera à des objets utilitaires : parapluie, planche à pain, cintre, et j'en passe. Pas trop grosse. On sortira les pires blagues et sobriquets comme si le surplus de chair rendait les insultes impénétrables.

Alors, sur le coup de mes quatorze ans, il y avait beaucoup de parties de moi que je n'aimais pas : mes bras trop gros, musclés par la gym. Ma poitrine trop opulente, mon 90 D/E pesant lourd pour mon dos. Ces hanches et ce petit ventre, qui révélaient mon penchant pour le chocolat. Et celui pour les alcools. En découvrant les joies des libations, j'ai un peu compris d'où venait mon problème : j'ai du mal à m'arrêter. Soit j'exerce un contrôle très fort sur moi pour me réguler et ne pas céder, soit j'ouvre la boîte de Pandore et m'autoriser un signifie m'autoriser tout. C'est comme si le contrôle permanent conduisait nécessairement au débordement. La privation consiste à poser une cloison sur les perspectives, c'est la restriction du droit d'explorer. Et en s'interdisant d'expérimenter, on ne peut pas connaître ses propres limites. C'est le ballon d'hélium qu'on serre très fort et qui finit par exploser. Ça explique que dans ma boîte crânienne, mon circuit de la récompense n'arrive pas à se tempérer, c'est la loi du tout ou rien. Soit je ne mange pas de chips, soit j'éclate le paquet. Soit je ne bois pas, soit je descends la bouteille de vodka et finis le reste de ma soirée aux toilettes. Encore aujourd'hui, quatorze ans plus tard, quand j'écluse, j'ouvre le portail de mon estomac et c'est open bar pour la moindre nourriture qui se présente à mes yeux.

Nous voici donc de retour à ma dix-septième année et à ce maudit jour de l'annonce du cancer. Je me suis rendue en cours, l'air de rien, sans savoir que ces quelques mots allaient faire basculer le cours de ma vie. Je me sentais perdue, impuissante, étouffée par l'incertitude. On savait qu'il y aurait des opérations, mais pas si cela suffirait. Je redoutais qu'il faille passer par la chimiothérapie et la voir perdre ses cheveux. Pour moi, ça n'existait que dans les films ou chez des parents éloignés, je ne m'attendais pas à croiser ma mère chauve en allant aux toilettes la nuit.

J'ai commencé à beaucoup boire quand je sortais. C'était le seul moyen que j'avais d'évacuer l'émotion. C'était comme un tas de linge sale : on le met dans le panier, on tasse bien pour que tout rentre, les fringues s'accumulent et au bout d'un moment faut bien laver tout ça. La boisson, c'était ma lessive, et j'avais la bonne excuse d'oublier ce que j'avais dit pour ne pas me confronter de nouveau à de douloureuses discussions. J'ai commencé à prendre du poids. L'alcool et le stress me faisaient davantage manger. J'ai un peu paniqué. J'avais toujours réussi à garder le contrôle, que ce soit sur mon corps, ou sur mes émotions. Ces kilos supplémentaires sur la balance m'ont fait comprendre que je n'étais plus maîtresse en ma propre demeure. Alors, j'ai commencé à me faire vomir sous la douche. J'avais la sensation de me soulager de tout ce poids émotionnel. C'était mon petit moment d'intimité : mon stress, ma brosse à dents et l'eau de la

douche qui couvre le bruit. J'ai vite arrêté, j'avais trop peur des répercussions sur ma santé, de me flinguer les dents et le tube digestif. Et puis, logistiquement parlant, c'était complexe : il fallait une brosse à dents, du bruit, quelques minutes devant soi, et je n'avais pas non plus le vomi facile.

À cette période, une combinaison de facteurs s'est réunie pour créer un combo de stress, un peu comme on rassemblerait plein de petits bouts de pâte à modeler de différentes couleurs pour obtenir un gros tas confus. Je me reconstruisais d'une relation d'emprise dans laquelle je ne savais plus vraiment qui j'étais, je réapprenais à avoir mes propres goûts, mes propres opinions, et une vie sociale. Ma grand-mère commençait à faire un peu trop d'allers-retours à l'hôpital. Ma mère s'arrachait les cheveux à table et les dissimulait dans son pot de yaourt vide. Sans compter que je devais passer le bac et que, sensible à mes performances scolaires, la pression est doucement venue me contaminer. Et parmi ça, la prise de poids.

Il était nécessaire que je retrouve un semblant de contrôle parmi tout ce chaos. En laissant le poids des événements m'accabler, à quoi pouvais-je me raccrocher pour construire le futur ? Si ce à quoi je m'attachais risquait de m'être enlevé, sur quoi est-ce que je pourrais compter pour avancer ? J'ai donc changé de stratégie. Puisque la compensation par le vomi ne fonctionnait pas, j'ai décidé de « faire attention ». Cette fameuse expression. Faire attention à soi. Faire attention à ce qu'on mange. On entend ça depuis toute petite, on le prend comme un besoin naturel et évolutif, au même titre que se laver ou boire de l'eau. C'est partout, dans les pubs, dans les magazines qui pointent la négligence de stars féminines qui se « laissent aller », dans la bouche de nos mères et de nos tantes, dans le discours des médecins. Mais au fond, qu'est-ce que cela signifie ? Faire attention à quoi ? Quand ? Dans quelle proportion ? J'ai essayé d'y aller progressivement, le vivant d'abord comme un sacrifice, vu mon appétence pour ce qui est jugé gourmand. J'ai réduit les pâtisseries, le chocolat, la bouffe grasse, les restaus, les grignotages. Quand l'occasion se présentait, je mangeais le moins possible. Parfois, c'était une pomme à midi quand je ne rentrais pas chez moi, ou des demi-portions lorsque je n'avais pas le temps. J'ai commencé à compter les calories, à vérifier que ce n'était pas trop, à choisir ce qui en contenait le moins. J'ai davantage bougé, je marchais et dansais beaucoup, je retrouvais la satisfaction liée à la dépense énergétique et le sentiment de puissance procuré par l'obéissance des articulations. Peu importait la fatigue, le manque d'énergie, les circonstances, je culpabilisais si mon corps n'était pas assez mis en mouvement. J'ai commencé à perdre du poids. Ma silhouette s'affinait, j'avais l'impression de plaire davantage et je rentrais dans les plus petites tailles de vêtements. Ma poitrine pesait moins lourd, j'avais moins de chair et plus de muscles. J'avais moins

honte de me regarder et on me faisait des compliments : j'étais en forme, j'avais bonne mine, ça m'allait bien. Je voyais les chiffres sur la balance se réduire un peu chaque jour. C'était grisant, je me sentais puissante, forte. J'avais enfin la maîtrise de quelque chose dans tout ce désordre. J'étais capable de contrôler mon corps en contrôlant ce qui rentrait dedans. Mais je buvais encore trop, et les situations dans lesquelles je ne pouvais pas choisir ce que je mangeais commençaient à devenir une source supplémentaire d'anxiété. Dans ces moments, j'appréhendais la pesée qui adviendrait. Est-ce que tous mes efforts allaient être foutus en l'air ? Est-ce que je serai toujours capable par la suite de dire non aux tentations ?

J'approchais de ma dix-huitième année. Entre-temps, ma grand-mère était décédée, ma mère, après six séances de chimio et plusieurs mois de séances journalières de rayons, allait mieux, j'avais obtenu mon bac, et j'étais passée de 54 à 45 kilos en environ neuf mois. Mon entourage voyait cela comme une perte plutôt saine liée à un changement de mode de vie. C'était aussi ce dont je me persuadais, ignorant le fait que j'avais, durant l'été, assisté à deux festivals de musique au cours desquels j'avais principalement mangé des pommes et du maïs.

Je me préparais à entrer dans la vie d'adulte dans mon 18 m^2 avec pour principale compagnie des fiches de révision de biochimie et mes murs blancs. Je ne crois pas vous apprendre grand-chose en vous disant que la PACES est une année de douleur physique et psychique, où se mêlent solitude, culpabilité, anxiété et obsession. C'était d'autant plus dur que je n'arrivais pas dans les meilleures dispositions. Je voulais devenir psychiatre, pour comprendre l'humain et les limites du fonctionnement de l'esprit. Je pensais que la motivation suffirait pour me faire tenir. Pour résumer cette année, c'était réveil à 6 h 45, quatre heures de cours d'où on ressortait avec deux-cents pages de diapo à retenir par cœur, au « s » près. Rentrer chez soi à midi, manger. Étudier jusqu'à 19 h 45, manger, petite distraction. Étudier de nouveau de

22 heures à 23 heures, puis dormir.

Ce quotidien, qui dura deux ans, a clairement représenté un point de bascule sur le plan de ma santé mentale. Je n'avais pas le mental de guerrière, de challengeuse, de compétitrice qu'ont en général les vainqueurs de cette grande bataille des petites cases à cocher. Ma météo émotionnelle basculait entre fatigue, déprime, solitude et culpabilité. Cette dernière me tiraillait l'estomac, au sens propre. Je culpabilisais lorsque j'étudiais et que je n'étais pas auprès de ma mère, à laquelle on venait de détecter une nouvelle tumeur, heureusement bénigne. Je culpabilisais de ne pas être en train de réviser lorsque je profitais de mes proches. Et par-dessus tout, une nouvelle couche de culpabilité liée à la nourriture.

C'est à partir de ce moment que cette souffrance anorexique a commencé à virer au trouble obsessionnel compulsif. C'est-à-dire que la nourriture, l'angoisse de prendre du poids et de perdre le contrôle, tournaient en boucle dans ma tête. Je ne pensais pratiquement qu'à cela. Et le fait de ne pas avoir de loisirs, de ne plus avoir de vie sociale et d'être tous les jours dans un mode d'apprentissage rigide et répétitif m'a rendue prisonnière de ce mode de pensée. Je mangeais toujours à des heures précises une quantité de nourriture prédéterminée qui, au total, représentait de 800 à 1000 calories. Je triais les aliments : je mangeais en premier la viande, puis les légumes pour finir avec les plus consistants, les féculents. Je mangeais avec les mains, par pincées, les fourchettes représentant un trop grand contenant. Côté sucré, je ne mangeais que des yaourts 0 % et buvais uniquement des boissons sans sucre à la taurine, de l'eau et du café. Si je ne pouvais pas manger aux heures prévues, ou si je n'avais pas connaissance des valeurs nutritionnelles des aliments, l'anxiété prenait place en me nouant d'abord l'estomac, en m'empêchant de respirer correctement et en focalisant mon attention sur la crainte que perdre le contrôle remette en question tous les efforts, toute la maîtrise que j'avais acquise jusqu'ici.

J'avais un rapport ambigu à l'alcool : j'en avais très envie mais je l'évitais au maximum. Trop sucré, trop calorique. Mais surtout, je m'étais aperçue que j'avais tendance à davantage manger lorsque je buvais. La désinhibition me faisait lever le pied du frein. Et à quarante kilos, le pied n'est pas bien lourd à soulever. Ce que j'appréhendais le plus, c'était les fêtes. Noël, les anniversaires, le Nouvel An. J'anticipais des semaines à l'avance, réfléchissant aux stratégies à employer pour éviter de boire ou manger. C'étaient des moments difficiles : imaginez passer trois heures à table avec, devant vous, de la nourriture appétissante, sans pouvoir y toucher, et ne pas avoir la possibilité d'aller vous distraire avec autre chose. Boire pour faire passer le temps plus vite représentait un pari risqué, je préférais miser sur mes facultés de maîtrise. Je me sentais comme Tantale.

Salud!

Je me pesais deux, voire trois fois par jour. J'essayais de faire du sport dès que je le pouvais, pour compenser les « excès » du week-end lorsque je revenais au domicile familial. Par excès, j'entends une nourriture cuisinée avec du sel et un peu de matière grasse. Je mangeais tout en demi-quantité. Lorsque j'allais au restaurant, je ne mangeais que la moitié de mon assiette. C'était si dur de voir cette nourriture, si bonne quand on se nourrit principalement de biscottes nature, de pommes et de plats préparés WeightWatchers, et de lutter contre mon envie d'y plonger ma fourchette. Je me répétais inlassablement que ce n'était pas bon pour la santé, qu'on était dans une société qui nous poussait à consommer toujours plus en nous assaillant de tentations au travers de pubs télévisées alléchantes de chocolat coulant et d'imprimés de burger sur les abribus. Je me persuadais

que les gens avaient raison de dire qu'on mangeait trop, qu'il y avait une épidémie d'obésité dans les pays occidentaux, que les taux de sucre et de sel dans la nourriture étaient catastrophiques. J'intégrais tout cela et je m'en servais, chaque jour, pour lutter, comme s'il s'agissait d'une juste cause à défendre.

Bien sûr, toutes ces ruminations et tous ces calculs diététiques prenaient énormément de place dans mon espace mental, et j'ai commencé à m'effacer. J'étais toujours ailleurs quand on me parlait, je n'étais plus présente pour mes ami·es, les relations avec ma famille étaient source de conflit, je rejetais sur eux la responsabilité de mon mal-être. Je me sentais incomprise, mais je n'arrivais pas à parler de ce que je vivais avec franchise. J'avais honte et je culpabilisais. Je voyais que je leur faisais du mal, que je les inquiétais, qu'ils voyaient que la spirale de ma disparition était en place. Certains proches ont essayé de me parler, en toute bienveillance, mais je n'y arrivais pas. C'était le brouillon dans mon esprit, comme une soupe d'ambivalence, de déni et de peur du jugement. Et la sous-alimentation accroît les difficultés à réfléchir et à faire le tri. Le manque de nutriments provoque la mort des neurones, le cerveau cherche à préserver le peu de ressources qu'il reçoit pour les fonctions vitales et l'attention. La mémoire et les capacités de raisonnement passent au second plan. Mes souvenirs de cette époque sont souvent flous et davantage basés sur un ressenti général de souffrance psychique et de mal-être physique que sur des moments précis. Je peine à retrouver des images, des échanges, des paroles. Un peu comme si j'étais un fantôme qui assistait à ces scènes en regardant à travers un judas sale.

Les discours des personnes autour de moi ont changé. Ils sont passés du : « Oh, tu as minci, ça te va bien, t'es bien comme ça ! T'as l'air en forme ! » à : « T'es sûre que ça va ? T'as perdu beaucoup de poids quand même... Tu m'inquiètes, tu devrais manger plus. Oh, le petit poids plume, tu vas finir par t'envoler ou disparaître si tu continues comme ça ! » J'avais débuté ma première année d'études à 45 kilos, je finissais la seconde à 34. Je sentais le poids des regards des passants dans la rue : un mélange de pitié et de dégoût. Comme s'ils voulaient me venir en aide mais sans me toucher, comme on aiderait un chien crasseux et boiteux à ne pas se noyer avec un bout de bâton.

Trouver ma taille de vêtement était devenu compliqué, je rentrais difficilement dans mes anciens habits et mes ceintures n'avaient pas de trous assez serrés pour compenser. Je devais aller au rayon des enfants et, pour certaines marques, le douze ans était encore trop grand. Je sentais que mon apparence devenait difficile à supporter pour mes proches. Mes cheveux étaient devenus ternes et je les perdais massivement. Les traits de mon visage étaient creusés, j'avais des cernes bleutés et la peau sèche. Mon corps était principalement constitué d'os. Une bonne partie de mes muscles avaient fondu, laissant place à des articulations saillantes. On pouvait presque apercevoir mes côtes si je portais un tee-shirt moulant et mes hanches ressortaient de dos comme de face. Je trouvais cela joli, mon apparence correspondait à ce que j'étais dans ma tête. M'asseoir était très inconfortable, mon bassin étant en contact direct avec le dur de la chaise. Je n'avais plus de séant : c'était une colonne avec un trou au bout. On aurait presque pu compter mes vertèbres. Mes membres étaient tout creusés : à la place des biceps et des quadris, on trouvait surtout du vide. Je pouvais faire le tour de mes cuisses à n'importe quel niveau avec mes deux mains et celui de mon bras avec une seule.

J'étais tantôt fascinée et fière d'être parvenue à atteindre un tel degré de finesse, tantôt dégoûtée par ce corps dur et sans vie. C'est comme si j'exposais aux yeux de tous les blessures de mon âme. J'avais l'impression de plaire par ma fragilité, en masquant ce qu'il fallait, en simulant un peu de chair aux endroits propices. Mais cela m'importait peu. Le poids sur la balance étant devenu mon propre référentiel, séduire n'était pas une priorité. Ils ne pouvaient pas comprendre le combat qui se tramait sous cette maigre enveloppe.

Malgré tout, j'arrivais à accompagner mes parents en randonnée : pour ne pas souffrir de son corps, il suffit de ne pas l'écouter. La douleur et la faim ne sont que des informations reconstruites par le

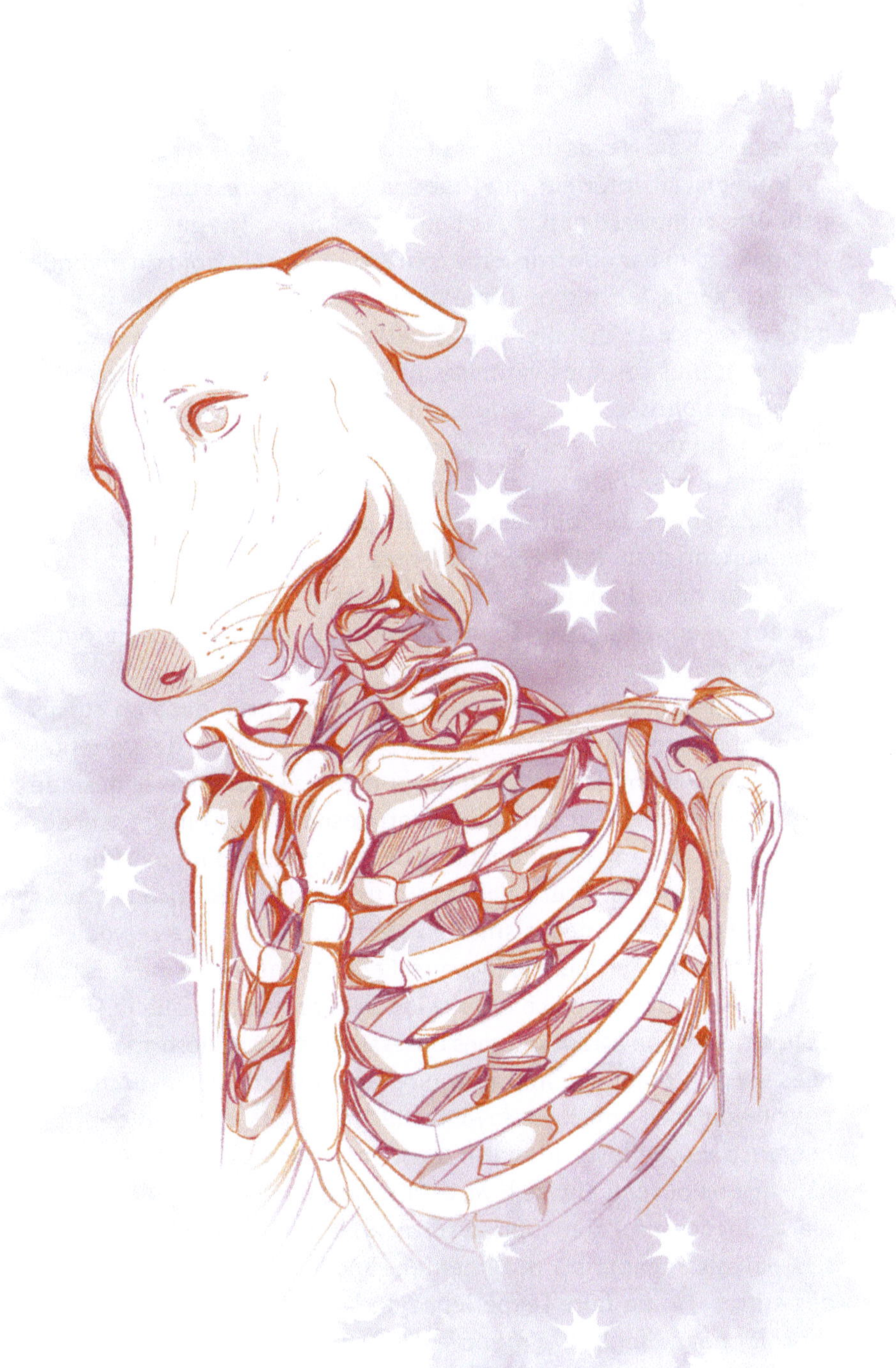

cerveau. Je n'avais plus de règles et je sentais le froid en permanence. Un froid glacial, intérieur, quel que soit le temps. C'est un froid qui ne peut être compensé ni par des bouillottes, ni par l'augmentation du thermostat, ni par une troisième couverture. C'est le froid du manque de nutriments, le froid de l'âme qui fuit le corps, le froid de la mort qui commence à s'installer petit à petit. Je sentais que mon cœur ne répondait plus comme avant. Par instants, je sentais la bradycardie, l'intense ralentissement. Parfois, c'était au coucher et je m'endormais en me demandant si j'arriverais à me réveiller le lendemain. Et je crois que je m'en fichais. J'avais perdu le goût de la vie et tout n'était plus qu'angoisse. Les journées n'étaient plus rythmées que par la lutte intérieure de deux forces ambivalentes : l'envie de manger et la terreur de prendre du poids. C'était comme tenter de museler la gueule de deux chiens enragés en train de s'entre-dévorer. Ça bouffait toutes mes ressources et mon espace mental.

Puis vint l'aube de mes vingt ans, et mon entrée dans un cursus de psychologie. Paradoxal, me direz-vous peut-être, de s'orienter vers la santé mentale quand on va soi-même si mal. Mais le désir de comprendre comment fonctionne notre espèce était encore une des motivations qui me maintenait en vie, avec celle de ne pas faire de mal à mes proches. Pour cela, et tout un tas d'autres raisons, j'avais choisi d'étudier les mécanismes en jeu au sein de notre cerveau, et comment ce qui l'entoure le façonne. Et ça m'a sauvée. Je me suis tout de suite sentie à ma place et prise de passion pour ce que je faisais chaque jour. Mon attention, mes obsessions, étaient désormais tournées vers un objet qui m'était moins nocif. J'avais de l'espace libre pour revoir mes ami·es et savourer les moments en famille. J'étais heureuse de me lever le matin, et je me couchais le soir en ayant hâte qu'un nouveau jour se lève. Je faisais de nouveau l'expérience du plaisir. Je revivais. J'ai réappris à sortir, à avoir une vie sociale, des loisirs. J'ai aussi réappris à m'alimenter, sans tenir compte du discours des autres. J'ai pu faire l'expérience du fait que manger un pain au chocolat ne me ferait pas prendre 10 kilos le lendemain et que de la nourriture avec du goût c'était beaucoup plus plaisant. La crainte de prendre du poids était toujours présente, et les TOC aussi, mais ils prenaient beaucoup moins d'espace en moi, ils ne me gâchaient plus la vie. La peur s'était transformée en une anxiété de fond, et n'est plus, à l'heure actuelle, qu'une petite inquiétude.

Je me suis sensibilisée aux questions de construction sociale, de normes, de féminisme et de santé. En prenant du poids, il y a une charge mentale qui s'en est allée. Je me suis débarrassée de la fable qui nous oblige à correspondre à ce que l'on attend de nous depuis petit·e, à commencer par nos parents. Cette fable qu'on se raconte à soi pour décrire qui nous sommes. Je veux être ceci, je dois correspondre à cela. Nous nous persuadons que ces injonctions sont issues de notre propre conscience parce qu'on est notre juge le plus direct. Mais nous nous construisons dans une société qui simplifie le réel en créant des catégories avec des critères qui en fixent les limites. On nous donne l'illusion qu'elles sont immuables et que ne pas correspondre au modèle, ou être à la frontière, entraînera l'ostracisation. En expérimentant cette sortie de la norme, j'ai pu apprendre à me connaître, à savoir quelles forces me restaient et quelles personnes demeuraient à mes côtés, même confrontées à cette étrange facette de moi-même.

Les autres porteront toujours un jugement sur nous, c'est inévitable. Mais ils ne peuvent se baser que sur de maigres indices extérieurs. Alors pourquoi faire tant d'efforts, dépenser tant d'énergie à bâtir une image sociale et jouer l'actrice dans des relations dont l'unique but est d'obtenir l'estime de l'autre ? Sous la laideur des os saillants et de la peau terne, j'ai pu avoir accès à ce qu'il avait de beau en moi et m'y reposer pour commencer à m'aimer. J'ai appris à m'ouvrir aux personnes de confiance et à demander leur aide sans crainte de voir leur estime de moi s'effondrer. J'ai pu découvrir ma mère en étant à ses côtés dans ses moments de vulnérabilité, et voir qu'elle a su me porter un immense soutien lorsque mon tour est venu. Malgré des maladresses et des incompréhensions réciproques, au fil de paroles sincères et parfois douloureuses, j'ai pris conscience de la chance que c'est de pouvoir prendre le risque de s'ouvrir et de savoir que l'amour de mes proches sera toujours là pour me rattraper. La science m'a également permis de reconsidérer l'importance des choses, que le réel est difficilement accessible, que l'on compose avec les limites de nos perceptions pour tenter de reconstruire les lois qui organisent l'univers, mais que nous ne sommes que peu. Il suffit de lever la tête et d'admirer l'immensité et l'infini qui planent au-dessus de nous ; il suffit de penser que nous ne sommes qu'un tas d'atomes organisés, un mélange de forces physico-chimiques pour remettre en question l'importance de ce que la société judéo-chrétienne a établi comme un péché : la gourmandise.

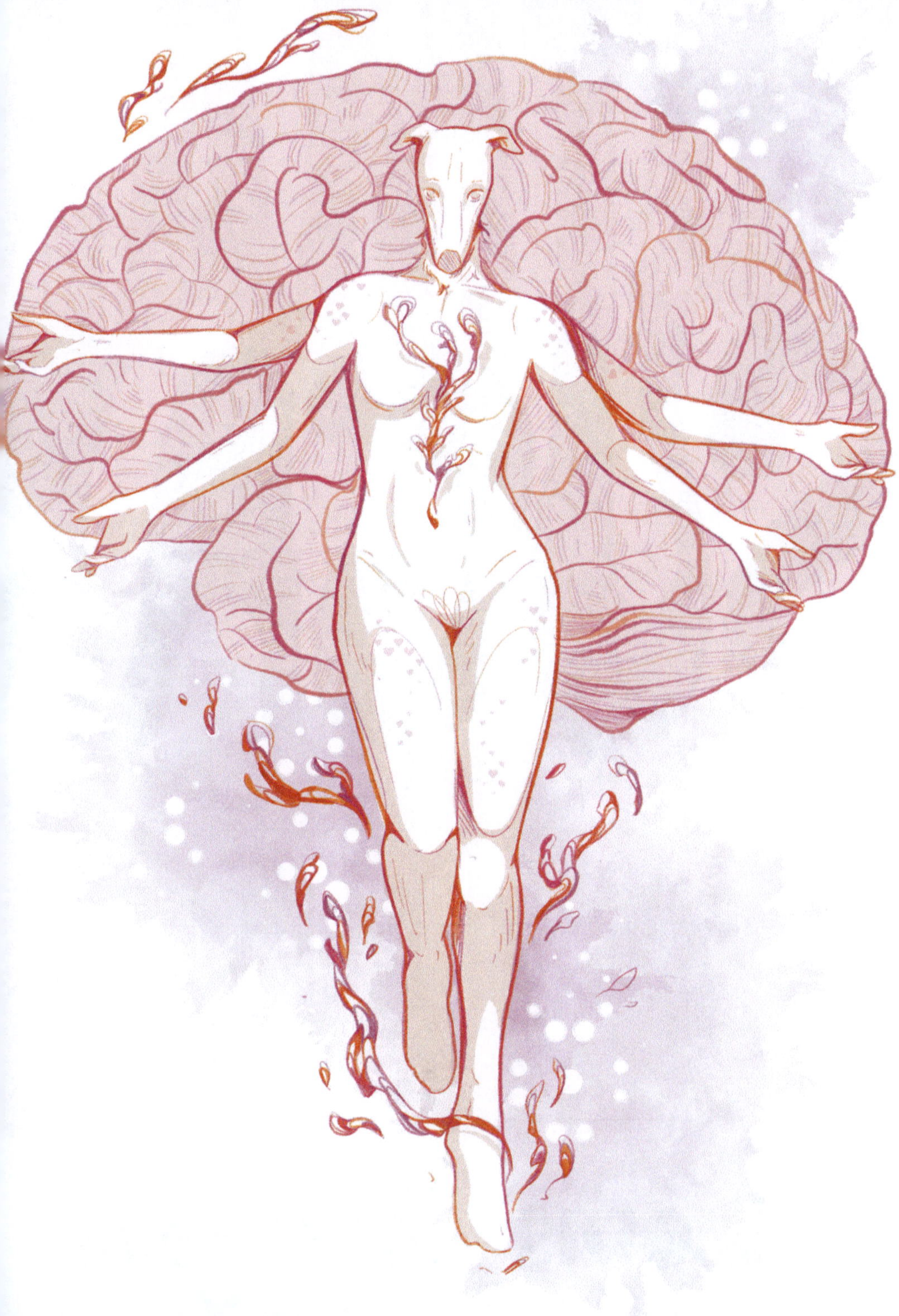

BATMAN SUGAR DADDY

Louis Zahagoun

Mon père est diabétique. Type 1. C'est-à-dire que le taux de glucose dans le sang est trop élevé, le sang a un excès de sucre dedans lui voyez donc on fait des hyperglycémies ou hypo' parfois aussi c'est-à-dire pas assez de sucre, enfin voyez c'est un dérèglement, une maladie auto-immune due à un trouble d'assimilation de l'utilisation du stockage des sucres de l'alimentation, pas de régulation quoi, c'est le bordel, et donc vous vous piquez avec de l'insuline

Mon père est diabétique donc et moi-même peut-être je serai aussi, c'est pour ça voilà que je demande sans sucre le café, toujours faut faire attention avec ça parce que avec cette merde

pardon

Vous pouvez perdre la vue, arrêter de bander, et ça vous pourrit vos dents vos reins et même vos pieds je crois que sur le long terme si vous faites pas gaffe on peut vous couper le pied ou autre chose je sais pas j'ai lu ça, et un jour ou l'autre ça peut vous foutre en l'air le cœur aussi et ça c'est moche

bref

Donc alors moi j'étais au cinéma ce soir-là j'adore le cinéma le noir complet l'écran géant le son trop fort j'adore le cinéma les vieux films pas en noir et blanc mais quand même Chaplin par exemple ou sinon

Marilyn Monroe, mais donc je regardais un film allemand ce soir-là Fassbinder vous connaissez ? Je sais plus trop lequel mais dans le titre il y a Ali je sais pas quoi. C'est l'histoire d'une vieille femme qui tombe amoureuse d'un arabe et de ce que c'est dur pour eux d'assumer leur amour à cause des racistes et à la fin il tombe malade et tout ça. Bon film ai bien aimé. Mais à la fin au générique quand j'ai rallumé mon téléphone — toujours éteint au cinoche — j'ai vu que ma mère m'avait appelé — ça ok pourquoi pas — mais elle avait laissé un message et ça c'était bizarre pas normal anormal

J'ai rien compris au message sauf des mots : papa hôpital pas grave viens

Ma mère c'est une vaillante je la connais — c'est un peu Wonder Woman mais la version fonctionnaire — donc je sais que quand elle dit *pas grave* c'est pour pas me faire peur pour pas que je flippe ou je sais pas quoi mais un *pas grave* c'est du mensonge l'hôpital c'est pas *pas grave* c'est jamais *pas grave* on va pas à l'hôpital par plaisir si c'est *pas grave* je veux dire qui a envie d'aller foutre les pieds dans un hôpital en fin de journée après le boulot ou quoi je veux dire après le boulot on va

acheter du pain on va boire un verre avec Philippe ou Virginie on va à la librairie au cinéma au théâtre on va prendre une douche on regarde un feuilleton on cuisine on retrouve son chien son chat son perroquet mais on va pas foutre les pieds dans un hôpital aucun taré même le plus taré des tarés n'irait foutre ses guibolles à l'hosto non merci

Donc papa hôpital pas grave viens je viens

Et je tente de retrouver ma mère après avoir cherché les urgences pendant des plombes m'être perdu dans cette espèce d'immense purgatoire blanc couleur pâle livide néon fantôme où plus personne ne semblait vivre avoir ouvert sept portes descendu trois escaliers et croisé zéro fois quelqu'un nada niet rien

J'avais plus de batterie

Je commençais presque à flipper on aurait dit le premier épisode de *The Walking Dead* quand Rick se réveille de son coma

Mais enfin j'aperçois Wonder Woman version blonde qui m'attend et je repense à papa hôpital pas grave viens

Mais papa hôpital grave en fait

On a attendu avec Wonder maman jusqu'à trois heures pour avoir un signe de vie de papa

petit signe de vie
mais mieux que rien
je me souviens quand je l'ai vu
il ressemblait à Double-Face
plutôt qu'à Batman
je m'en veux encore je crois
pourquoi j'ai vu un méchant
et pas Batman
moi je veux que mon père ce soit Batman
je veux que rien ne l'arrête
qu'il puisse tout faire
je veux que papa soit pas papa mais Batman

Louis Zahagoun

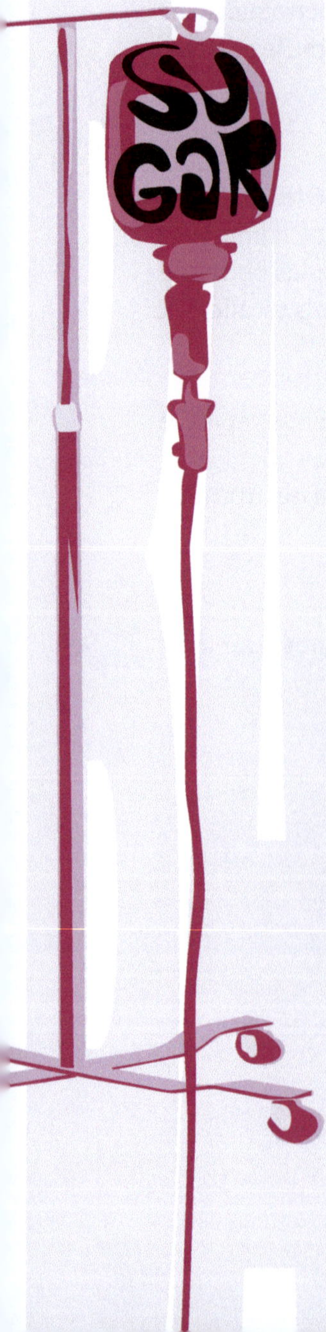

Mais j'ai pensé au film que j'avais vu
Ali je sais pas quoi
qui tombe malade et tout ça
j'ai pensé que papa était faible
je lui en ai voulu de ne pas être Batman
maman j'ai dit pourquoi papa c'est pas Batman

Il faisait froid j'ai pris un café dans une machine et cette foutue machine elle a mis du sucre dans mon café, maman elle a dit : c'est pas grave mon chéri alors j'ai bu le café pas bon de la machine avec papa pas Batman allongé là-bas à deux doigts de mourir à cause du sucre mais c'est pas grave

depuis quand ça tue le sucre

maman j'ai froid ça pue et y a une femme qui mange des M&M's on peut rentrer à la maison ?

je déteste les hôpitals

Maman elle m'avait demandé d'aller récupérer la voiture à la sortie du cinéma mais moi j'ai foncé direct la retrouver dans le grand purgatoire aux néons blancs parce que je voulais savoir ce qui se tramait. Du coup on est rentrés à pied et même si on habite pas dans la plus grande ville de Navarre ben l'hôpital chez nous à pied ça fait une trotte. Pourquoi l'hôpital c'est toujours super loin dans une ville on met toujours ça loin est-ce que c'est parce qu'on est trop nombreux sur Terre et qui faut essayer de perdre des gens sur le chemin de l'hospice ou est-ce qu'on aime pas voir les malades et les gens bientôt morts c'est vrai qu'on aime pas trop voir ça les faibles, si t'es faible écarte-toi un peu, c'est vrai quand même qu'on est un peu comme ça. Avec maman on a laissé papa pas Batman avec les autres faibles dans son genre loin des yeux de ceux qui dorment tout apaisés et tout loin de nos yeux à nous

On aurait dit un Chamallow qu'on a fait fondre avec le feu de cheminée tu sais avec un côté normal et un côté tout mou un côté tout visqueux et dégueu, j'ai dit à maman

Sur la route y faisait froid c'était le mois de février mais un mois de février normal où il fait froid en mode hiver et où y a du verglas à l'époque c'était ça en février pas comme aujourd'hui où tu peux presque manger des Mr. Freeze en terrasse, comme maman elle avait suivi direct l'ambulance elle était en gilet et talons à marcher dans le vent froid sur les trottoirs moches et gelés. On a randonné une heure peut-être plus comme ça à se dire qu'on avait un peu la dalle à cause que ça faisait des heures qu'on était restés à attendre dans la salle qui pue la transpiration et les M&M's

Tu veux pas qu'on se fasse un truc réconfortant, elle a dit maman on va se faire un truc réconfortant parce que là on l'a bien mérité

Alors j'ai pensé à McDo je savais que maman elle pensait pas à McDo et moi je voulais pas aller à McDo ça réconforte pas de manger du capitalisme et de la fausse bouffe et puis y a ce vieux goût qui reste dans la bouche pendant des heures t'façon je suis trop vieux maintenant pour prendre le menu enfant et avoir le jouet alors que moi McDo j'aime ça que pour les jouets, mais j'ai pensé à McDo et quand on s'arrêtait manger là avec maman papa et la sœur sur la longue route pour aller fêter Noël tout à l'ouest, on s'arrêtait manger là et papa il prenait toujours pareil soit le gros hamburger star le Big machin truc soit le hamburger au poisson un peu cliché parce que c'est le hamburger des arabes sauf que papa il mange du porc lui il s'en fout et il déteste qu'on le voie juste comme un arabe mais parfois il prenait le truc au poisson et ça faisait un peu cliché alors qu'en vrai c'est pas mauvais le fish là, mais surtout il prenait toujours un Sunday un Sunday au caramel et avec des noisettes c'était genre le Graal du repas vous voyez comme la bûche à Noël genre le summum du kiffe du repas et il avait tellement le smile d'un coup, le gars venait de se faire trois quatre heures de route sans pause et là c'était la joie sur son visage il dévorait son Sunday au caramel comme du caviar. Apparemment y a même du sucre dans leurs hamburgers à McDo

Là sur un vieux trottoir gelé je repense à ça et je me dis : putain en fait c'est McDo qui a tué papa McDo et ses vieux Sundays ses vieux hamburgers sucrés c'est ça, et je commence à dire : je vais aller poser des bombes dans tous les McDos de France maman tout faire sauter ils prennent papa je vais les faire chuter en bourse ou je sais pas mais putain je vais me les faire je vais vous faire sauter je vais fabriquer des bombes que je mettrai dans vos Sundays et BAM. Comme ça tout le monde découvrira que ça tue le sucre, et pas que maman et moi

je déteste McDo je déteste les Sundays

Quand on est arrivé avec maman à la maison on a mangé du pain et du fromage on avait pas tellement faim pas tellement la force de se réconforter on a ouvert les placards et y avait tout plein de gâteaux de bonbons de pâtes de fruits de barres de céréales des trucs qui traînent depuis toujours mais quand maman elle a vu tout ça elle a eu un coup de blues ça l'a minée elle a repensé à son mec à moitié mort dans un lit tout blanc et elle qui tenait la face depuis des heures ça commençait à être lourd à porter ouais même pour Wonder Woman

je crois que à partir de là on pouvait plus se voir le sucre en peinture

Puis après j'arrivais pas à dormir c'était comme bloqué dans le

thorax un truc qui prenait toute la place alors pas de place pour le sommeil non, je revoyais papa là allongé les yeux dans le vague la bouche ouverte à dire : ben qu'est-ce que tu fais là mon fils ? Et encore c'était pas aussi audible hein c'est moi qui vous traduit, papa avec sa vieille tête fondue de Chamallow, papa et sa faiblesse en gros plan, et bordel cette phrase qui tournait en boucle dans ma tête aussi

DEPUIS QUAND ÇA TUE LE SUCRE

J'ai repensé à cette histoire qu'on aimait se raconter avec la sœur, l'histoire des Granolas disparus

Un jour on s'était réveillé et le paquet de Granolas qu'on adorait manger le matin avec la sœur dans le lait et tout, ben il avait disparu

On s'était demandé si y avait pas des fantômes dans la baraque et maman plus pragmatique à chercher des rats des souris qu'auraient carrément avalé le carton

Toute une boîte de gâteaux qui s'évapore dans la nuit c'est quand même bizarre

Évidemment c'était papa

Et nous on croyait qui faisait gaffe et tout avec son diabète mais ce jour-là on a compris qu'il mangeait des trucs en douce en cachette comme un enfant qui mange des bonbons derrière une voiture avec ses copains parce que c'est interdit à la maison

Ça nous transforme en gamin le sucre ça nous ramollit ça nous tue à petit feu

Louis Zahagoun

J'ai pensé qu'il fallait faire quelque chose je me suis dit qu'il fallait sauver papa que s'il revenait vivant de l'hôpital il fallait prendre aucun risque qu'il fallait l'éloigner du sucre, j'ai pensé à maman et au fait qu'il faudrait la réconforter

Alors je me suis échappé de l'insomnie qui me collait les basques je suis descendu dans la cuisine j'ai ouvert le placard j'ai sorti tous les gâteaux tous les bonbons toutes les pâtes de fruits et les barres de céréales la pâte d'amande les tablettes de chocolat noir et blanc et au lait avec plein de noisettes ou de fruits les pots de sucre glace le pain d'épice la crème de marrons et les pâtes à tartiner les petits Lu le miel de sapin le miel d'Allemagne le miel de châtaignier le lait concentré tout ce qui traînait là dans ce foutu placard qui avait foutu le bourdon à maman

J'ai tout mangé tout avalé paquet par paquet bonbon par bonbon prenant une cuillère de telle chose par-ci une cuillère de tel truc par-là j'ai raclé les fonds qu'il reste rien pas une petite trace pas une petite miette j'ai tout fini tout englouti comme un gros rat qui se fait un festin dans une cuisine mal fermée j'étais là comme un gros rat dans ma propre cuisine, au troisième paquet de pâtes de fruits j'avais mal au cœur et je commençais à avoir des relents mais il restait encore plein de trucs alors j'ai pas lâché j'ai continué j'avoue que je faisais des pauses un peu, je m'allongeais sur le carrelage pour respirer un coup

et puis je buvais de l'eau des litres d'eau pétillante pour que ça fasse passer le tout jusqu'à ce que je finisse toute l'eau pétillante alors j'ai attaqué le vieux Coca zéro qui traînait au fond du frigo (qu'on nous fait croire que c'est sans danger parce que y a écrit zéro dessus et tout) c'est marrant parce que j'ai pas fait gaffe mais quand je suis enfin arrivé au dernier paquet qui restait j'ai vu que c'était un vieux paquet de Granolas après je dis pas que faut croire à des signes du ciel ou je sais pas quoi je dis juste que c'est marrant et à me voir allongé sur le carrelage froid à bouffer des Granolas au milieu de la nuit comme un vieux rat affamé je me suis dit que j'étais bien le fils de mon père y avait pas de doute

Une heure plus tard j'ai tout vomi j'avais l'impression qu'on m'arrachait les boyaux je me suis dit que c'était une immense connerie que j'avais faite que peut-être mon cœur il allait me lâcher entre les mains je pleurais tout mon corps et tout : je vais peut-être mourir tué par le sucre moi aussi

mais tant pis j'ai pensé

Tant pis si je perds la vue tant pis si j'arrête de bander tant pis si on me coupe un pied j'ai pensé parce qu'au moins j'ai sauvé papa pas Batman

l'embrouillonnement

L'éducation

Il a beaucoup été question de l'enfance et de notre rapport, dès le plus jeune âge, à la gourmandise. Comme si, d'une certaine manière, tout se jouait dès ce moment-là.

Thibaut : L'éducation est cruciale. Manger, c'est quelque chose qui reflète aussi la classe sociale. Pour moi, la bourgeoisie a moins cette étiquette de gourmandise que le prolétariat. Dans le prisme bourgeois, les prolétaires sont vu·es comme des sous-humain·es répondant à des pulsions alimentaires, pouvant se goinfrer. Alors que le bourgeois est distingué et raffiné. Il aime la bonne nourriture. Ces classes viennent construire, dès le plus jeune âge, notre rapport à la nourriture.

Adil : Pour ma part, j'ai vraiment conscientisé ma façon de me nourrir à l'âge adulte, en arrivant à Paris, une fois seul. C'est en même temps une chance puisque ce n'était pas un souci pour moi à l'époque…

Thibaut : Moi aussi, c'est quand j'ai commencé à vivre seul et que j'ai dû faire mes courses que j'ai compris qu'il y avait un enjeu avec la manière dont on consommait, dont on se nourrissait. Enfant, je n'avais aucune idée de ce que je mangeais. Mis à part ma mère qui me parlait beaucoup de manger 5 fruits et légumes par jour.

Kamila-Alice : On manque clairement d'éducation à l'alimentation. Pour ma part, j'en ai bénéficié grâce à mes parents, mais je sais que ce n'est pas le cas de tout le monde. Il est possible de consommer autrement sans dépenser des fortunes ! Mais cela demande de repenser totalement son alimentation et ses pratiques, et malheureusement ce sont souvent les femmes qui sont en charge des courses et de la cuisine, en plus de tout le reste. Et c'est une charge qui n'est pas forcément facile à assumer lorsqu'on a accumulé une journée de travail à forte pénibilité. Mettre un plat préparé dans le micro-ondes va plus vite que d'éplucher des légumes et de cuisiner.

Que pourrait être une éducation globale à l'alimentation ? Sous quelle forme pourrait-elle voir le jour ?

Kenza : Je n'ai jamais réfléchi à cette question, mais de manière assez directe, je pense à l'école. Pas avec cinq légumes affichés sur un tableau, mais de manière un peu plus pratique peut-être. En utilisant les cuisines de l'école, en ayant des projets de potager sur l'année… Ça paraît un peu futile dit comme ça, mais je pense que ça pourrait être un début.

Kamila-Alice : Mon utopie en tant qu'écologiste, c'est de pouvoir participer tous·tes dans nos quartiers à un jardin partagé et d'avoir des cuisines collectives. La souveraineté alimentaire est un point essentiel, mais aussi remettre du commun, du lien humain dans nos pratiques, pouvoir partager des recettes et des savoirs… Surtout dans les quartiers populaires qui mixent énormément de personnes avec des origines différentes. Ce sont des savoirs culinaires à mettre en commun.

Thibaut : Le savoir est une des clés essentielles pour s'alimenter : si on savait comment étaient élevés les animaux, on ne les mangerait pas ou on y réfléchirait à deux fois. Pareil pour les fruits et légumes. Le travail militant, notamment celui de L214, c'est un moyen de pouvoir informer le grand public. Parce que si on éduque uniquement les enfants, il faudra attendre 20 ans pour voir des améliorations sur cette question. Aussi, il faudrait permettre à des groupes d'en discuter politiquement à l'Assemblée.

Kenza : Complètement, j'irais même plus loin. Dans mes folies utopiques, l'alimentation devrait d'une certaine manière être un service public. Un État devrait pouvoir affirmer que toute sa population mange correctement, sainement et à sa faim.

Kamila-Alice : Je pense qu'il est urgent de mettre en place une sécurité sociale alimentaire. Bien manger est un droit.

Confessions d'une âme affamée

Nour Bekkar

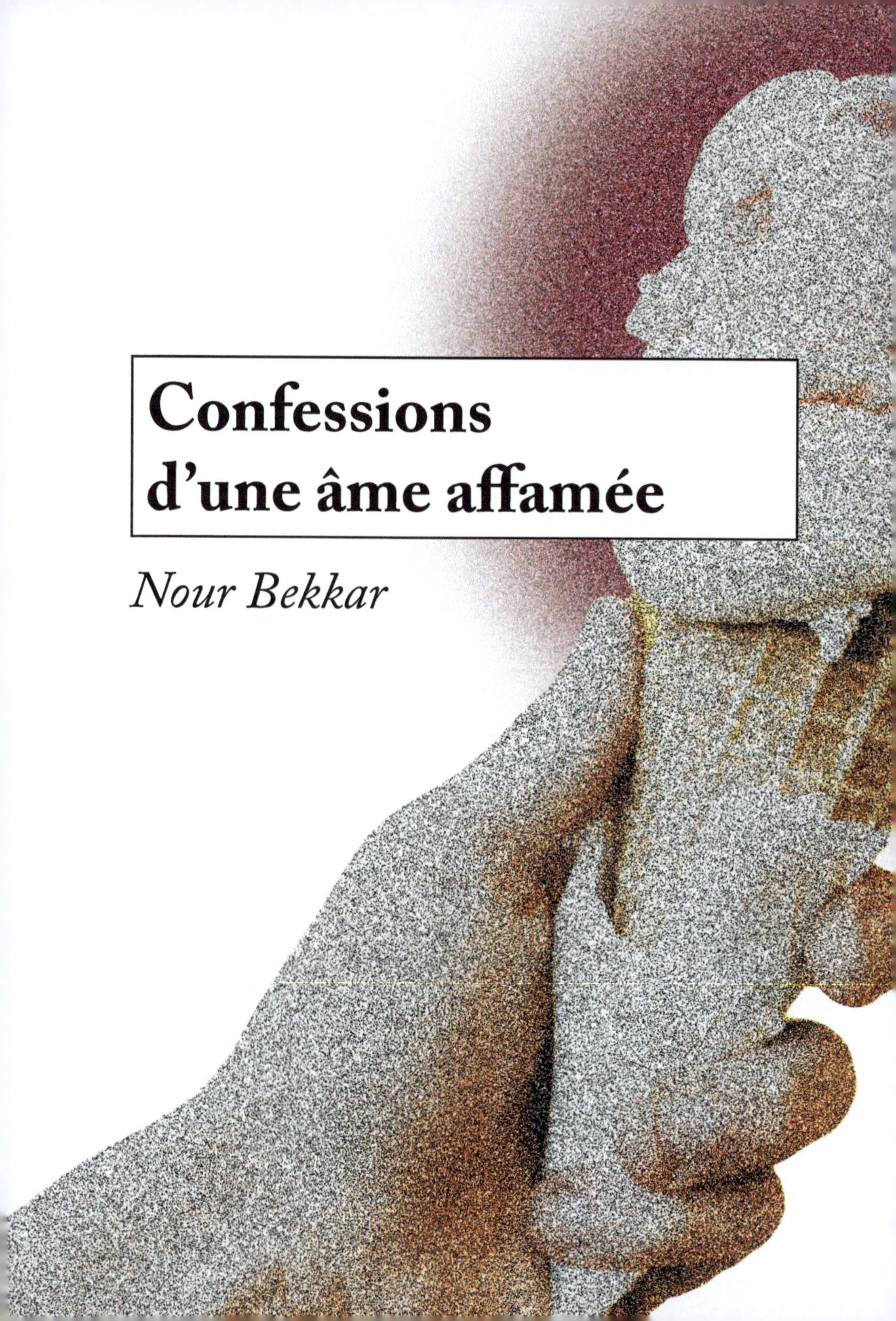

Je nais à Paris, mais je grandis à Alger. Mon palais baigne dans l'huile d'olive et le miel. Quand j'ouvre la bouche, mon cerveau s'attend à sentir une de ces saveurs se mélanger aux lipides et glucides contenus dans ma salive. J'ajoute une cuillère à soupe de sucre en poudre dans mon thé à la menthe, je prends deux makrouts au lieu d'un, je rajoute du raisin sec à mon couscous, toute occasion est bonne pour consommer du sucré. Et je ne suis pas la seule. Mes camarades appliquent les mêmes règles.

J'ai un rituel, je les observe. Avant de dépasser le portail à la peinture verte écaillée du collège, il y a une épicerie. Un magasin exigu et obscur, rempli de cochonneries qui sont happées par les adolescent·es en un instant. Les cibles principales : les chips Mahboul qui donnent l'impression de mâcher de l'air aromatisé et les cookies mosaïques Kool fourrés au cacao, au taux de sucre si élevé qu'ils permettent de rester éveillé jusqu'à la sonnerie qui marque la fin des cours. Tous les jours, c'est la course, premier arrivé, premier servi. Chaque matin, j'attends devant le collège que le sucre avalé digère mes confrères. Qui déclare l'armistice ? Le ramadhan. L'épicerie ferme, les rues se vident, plus personne ne partage son goûter, c'est la fin de l'année scolaire.

L'été de mes treize ans, ma mère décide de passer le mois du ramadhan à Oran chez sa soeur. Elle m'explique qu'on va devoir faire semblant de jeûner. Toute la famille de sa soeur est pratiquante et religieuse, il ne faut pas l'offenser avec nos habitudes déistes. Il faut s'adapter à son environnement. Les journées se déroulent de cette manière : les femmes se réveillent très tôt et s'enferment dans les cuisines pour préparer le repas du soir. Elles ne goûtent rien, ne trempent pas le doigt dans la casserole pour vérifier si la chorba n'est pas trop salée. Elles roulent les boureks à la vache qui rit machinalement, je les observe depuis ma chaise. En début d'après-midi les hommes se lèvent, ce n'est pas grave, ils sont restés éveillés pour manger avant l'adhan qui marque le début du jeûne. Je les regarde traverser la cuisine sans s'attarder sur les mains qui jonglent avec la nourriture du soir. Parfois, ils sortent pour aider un voisin, un ami, un mendiant, un inconnu. D'autres fois, ils s'engouffrent de nouveau dans leur chambre pour se réveiller une heure avant la rupture du jeûne.

J'adore ne pas manger jusqu'au soir, ne pas m'empiffrer de gâteau imbibé de miel toute la journée. Je passe mes mains et palpe mes omoplates qui émergent affinées. Ma taille rétrécit en un temps limité. Plus mon corps change, plus j'adopte ce régime si particulier. Je finis par prolonger le ramadhan tous les jours de l'année.

Confessions d'une âme affamée

Avez-vous déjà essayé de ne rien avaler jusqu'à la nuit tombée ?

C'est un exercice. Sentir sa bouche se dessécher, l'oesophage finit par ne plus rien transporter, par se resserrer.

L'exercice devient satisfaisant quand j'arrive au lycée, qu'il faut se conformer aux critères de beauté. Pas trop grande, pas trop grosse, pas trop chiante. Devenir une gourmandise aux yeux des autres. Pendant les vacances scolaires, mes parents nous emmènent à Paris. Ces séjours sont mes écarts, je remplis mon stock de graisse de junk food inexistante à Alger. Ma mère se repose, prépare les repas une fois sur cinq. À Paris, c'est plus simple de trouver des moyens de trop s'alimenter. C'est une habitude complètement à l'opposé du style de vie à Alger, où l'on va au marché, où on cueille les fruits dans notre jardin, où notre viande vient de chez le même boucher que celle de nos arrière-grands-parents. À Paris, les enseignes de supermarchés et les restaurants sont ouverts sept jours sur sept. Alors on sort, on commande, on s'empiffre et on paye plus, toujours plus. Le restaurant à volonté, le popcorn sucré salé au cinéma, le McDo en fin de soirée. Je mange sans faim. Je fais mes stocks de graisses saturées pour les mois à venir. À chaque bouchée, je visualise tout ce qu'il manque à Alger, une si grande ville sans cinémas, sans restauration rapide, sans supérettes ouvertes jour et nuit.

Au retour des vacances, je compte les calories, je sais que

je dois faire deux heures de sport par jour pour garder la ligne. Les restrictions deviennent gloutonnes, plus j'avance dans le temps, plus je prends du plaisir à ne rien absorber. Quand j'arrive au lycée, j'ai mes premières règles. J'écoute les filles raconter dans les vestiaires qu'elles adorent manger des friandises à foison lors de leurs menstruations. En regardant leurs courbes fines, je les jalouse, et je me dis qu'elles doivent avoir un métabolisme rapide. Je continue à n'avaler presque rien jusqu'à l'obtention de mon baccalauréat, qui marque mon retour en France. J'imagine pouvoir tenir ce régime à l'université, fumer toute la journée et rester en permanence occupée à réviser pour avorter toute forme d'envie. Continuer à me sous-alimenter pour plaire. Plaire aux autres pour me plaire à moi-même, car les attentes de mon entourage sont maintenant les miennes. Après l'emménagement dans mon réduit à Paris, le rêve s'évapore.

Dix ans ont passé depuis, je n'ai plus treize ans, et je ne pense qu'à manger.

Je ne peux pas me réveiller le matin sans y penser aussitôt.

Sous mon oreiller se trouve mon premier téléphone. Mes doigts glissent sur l'écran, je pense à bien cligner des yeux à chaque vidéo, une à une.

La luminosité de l'écran change selon le caractère du contenu présenté : humour – lumineux, politique – sombre, actualité – lumineux, sport – sombre, culinaire – lumineux. Mes yeux s'adaptent au changement avec une rapidité fascinante. Je sens ma pupille se dilater à chaque recette qui passe, des cinnamon rolls, un pad thaï, un boeuf bourguignon, du couscous. C'est ma routine du matin, je passe une trentaine de minutes sur TikTok à m'affamer. Parfois un peu plus, d'autres fois je me rendors pour ne pas craquer. Je n'ai plus d'autres pensées. Du soir au matin, je ne pense qu'à la bouffe : goûter les restaurants conseillés par un food influenceur, dans le métro je fixe les affiches publicitaires pour les livraisons à domicile, en cours j'imagine combler le vide de la calvitie du prof par de la crème chantilly, je sors de cours je regarde les vitrines, tous les magasins sont mes gourmandises, je pense à tout avaler. Je me répète en boucle : la nourriture des sensations pures. Le reflet de mes lèvres sur la vitre sépare la faim de mon envie. Mais ma bouche reste fermée. Je prends une photo des pâtisseries, mon téléphone les mange à ma place.

Les produits transformés enflamment ma chair, je ne peux pas fuir. La graisse s'empare de moi. Je prends quinze kilos.

Point positif : plus personne ne m'arrête dans la rue pour avoir mon numéro. Point négatif : je ne peux plus observer les douceurs des boulangeries sans m'y voir étendue, grosse, entre les éclairs au café, affamée, sur les tartelettes au citron meringuées. Je m'enferme chez moi. Je ferme les volets, je mets des serviettes aux embouchures des portes, aucune lumière ne doit passer. Je ne dois avoir aucun moyen de m'apercevoir. L'anorexie mentale m'infecte et prend le pas sur ma raison. La dysmorphie amplifie le moindre bourrelet. Le miroir devient un haut-parleur qui hurle que je suis trop gourmande, trop flemmarde, pas assez soucieuse du regard extérieur. Ma routine TikTok du matin devient une activité de la journée, Twitter remplit mon ventre au déjeuner, Instagram le goûter et Facebook le dîner. Je me nourris d'Internet. J'y crée une nouvelle identité qui n'a pas besoin de se préoccuper de son corps. Aux yeux de l'algorithme, ma chair n'existe pas. Je m'octroie une seule sucrerie : celle de ne plus être qu'une donnée. J'y crois, le premier mois, à cet espace de liberté. Je n'ouvre plus les textos de mes proches, parfois je reçois des lettres, je les jette sans les lire. L'extérieur est une torture physique et mentale.

TikTok est mon seul réconfort. Il change son contenu sans m'ennuyer. Il ne ment pas. Il sait ce dont j'ai besoin. Il a compris que j'attendais de lui ce que j'attendais des autres : la vérité. D'abord, c'est une vidéo healthy *What I REALLY eat in a day from someone who struggled with TCA*, puis une photographie de personne en ex-surpoids, qui se glissent dans mon feed ou *my for you page*, puis une autre, puis deux autres, puis dix : ça se multiplie vite comme les cafards et les souris.

J'ouvre un placard, tous les snacks sont remplacés par des pots de graines de chia, des flocons d'avoine et de la poudre protéinée. Des tiktokeur·euses conseillent une application pour compter ses calories, une solution miracle qui permet de canaliser sa gourmandise qui se nomme YAZIO. Toutes les vidéos promotionnelles débutent par la même réplique : ce TikTok n'est pas sponsorisé. C'est ça leur astuce pour multiplier les contenus où on les voit engloutir des plats à chaque nouvelle adresse tendance sans prendre plus de dix kilos, en restant fit. Je vais pouvoir être à leur image, retrouver la sensation de dopamine que m'apporte la privation. Je like une vidéo, je scrolle, puis je retourne en arrière, mon ongle crisse au contact du verre... Je clique sur le lien... J'installe... Et j'achète. Pendant que l'application prend place sur la mémoire de mon smartphone, j'ai très peur. Peur de ce qui s'avale, peur de ce qui ne s'avale plus, peur d'étouffer dans ma faim, peur des conséquences de céder le contrôle à la technologie. Tant que je pèse ce que je mange, l'application me dira le nombre de calories ingérées. Il suffit de scanner tous les produits achetés au supermarché, de préparer soi-même chaque repas, et d'accepter que tous nos pas soient tracés. Voilà les conditions d'utilisation pour s'amaigrir, aucun danger pour la santé, à prendre ou à crever, enfermée.

Je reviens de là où je viens, d'un pays à l'autre, je répète les mêmes erreurs sous différents angles, je commence à compter tous ces efforts que je mâche en boucle sans avaler, qui finissent recrachés dans la cuvette des toilettes. Je me contrôle ou mes fringales me contrôlent ? Ou Internet me contrôle ? Tout est une question de volonté, YAZIO ne fait que le prouver. Les soirs, je rêve que je découpe ma chair pourrie par la gloutonnerie, petit à petit, pour retrouver mon appétit. Mais je ne peux pas canaliser ce qui me dévore. Je suis la chienne de ma gourmandise, pas l'inverse.

Auréline Roy

Esquimaux menstruels

Photographie, 2022

Ces esquimaux glacés vous font-ils saliver ? Lequel choisir ? On se délecte à les regarder. On les imagine aux parfums de fraise, de mûre, de framboise...
J'aime cette double lecture photographique, cette appétence contradictoire, cette attraction provoquée par ce bâtonnet glacé qui donne envie d'être léché, et ce dégoût instantané quand on comprend sa fabrication « maison » à partir du sang des menstruations. Une définition possible du péché de gourmandise... entre désir et répulsion !

l'embrouillonnement

Le mérite

Certaines personnes disent qu'elles font du sport pour manger tout ce qu'elles veulent. C'est le prix à payer quand on est gourmand·e ?

Nour : Ça dépend de la fréquence du sport. Plus c'est intense, plus tu es en déficit calorique, plus tu peux te permettre de tout manger. Et encore, c'est lié à ton métabolisme : les personnes convaincues par ça sont au début du trouble alimentaire où iels comprennent qu'on peut gérer son poids selon les pics d'insuline...

Quand tu dis que c'est au début des TCA, tu penses cela parce que c'est le début de la restriction ? Ou du calcul des calories ?

Nour : Les deux vont de pair. Quand tu en arrives à compter tes calories, y'a vraiment que les personnes aguerries qui vont se focaliser sur le comptage des protéines. En général, les gens vont se focaliser sur le comptage des glucides et des lipides, c'est comme ça à mon sens que les ennuis commencent.

Laurie : Je rejoins Nour ! Ça ne fonctionne qu'un temps parce qu'après le corps s'habitue au déficit et stocke pour appréhender les moments où l'apport sera moindre. Du coup, il faudra chercher un autre moyen de compenser : soit manger moins, soit faire encore plus de sport, soit évacuer différemment...

Mais entre toutes ces injonctions, est-ce que le plaisir alimentaire est encore possible ?

Anselme : Franchement, de mon côté, ça me paraît difficile dans un monde ambivalent où tu as des pubs avec de la nourriture partout sous lesquelles il est écrit que c'est mauvais pour la santé de la consommer. On est en permanence dans une injonction contradictoire.

Nour : Je suis d'accord. La société de consommation ne

nous permet pas d'apprendre le contrôle, c'est un effort supplémentaire qui vient souvent avec la classe sociale.

Laurie : Moi, je pense que c'est encore tout à fait possible, que c'est un mélange entre savoir écouter son corps et faire la part des choses avec les tentations superflues (comme l'influence de la pub). Il faut peut-être aussi penser sur le long terme. L'équilibre reste dur à trouver et effectivement il y a beaucoup d'injonctions paradoxales pour réussir à tout concilier sans vaciller.

Anselme : On est dans une société qui est dans le contrôle et la rigueur, et pourtant on nous fait miroiter en permanence une sorte d'opulence de produits mauvais pour la santé. Y'a qu'à voir la taille du rayon bonbon dans un supermarché !

Laurie : Totalement, c'est assez hypocrite quand à côté de ça on ajoute du sel et du sucre dans des produits qui ne devraient pas en contenir pour entraîner plus de consommation.

Nour : Je pense qu'on omet le facteur génétique aussi, certain·es ont des facilités à garder un poids stable ou à se muscler. Je pense que ça renforce cette hiérarchie sociale. Sur TikTok, je suis pas mal d'influenceur·euses beauté, et un jour, j'ai lu le commentaire d'une personne qui disait qu'on hochait la tête à tout ce que les personnes minces pouvaient faire, en prenant l'exemple du Mukbang (les personnes minces selon les standards de beauté qui tournent des vidéos où iels mangent sept burgers) : tout le monde les félicite.

Laurie : Y'a clairement une idée méritocratique qui se joue alors que la génétique y est pour beaucoup !

On le voit également dans la mode : les personnes ne sont pas toujours bien habillées, seulement minces.

Nour : C'est exactement ça. Sur mon TikTok, y'a des personnes chubby qui reproduisent des tenues, c'est hilarant. Iels se rendent compte que c'était juste un·e personne mince avec des beaux yeux, et rien à avoir avec ce qu'elle porte. ●

La Brèche

Adil Fradin

Illustré par Mother of Medusa

I. Pauline

Voilà maintenant deux semaines que ça a commencé. Les gens ne comprennent pas vraiment. Entre nous, on ne sait pas comment nommer cet événement. On peut le lire dans les journaux aux rubriques discrètes, ou à la télévision locale durant les heures creuses. Les faits sont plutôt simples. Depuis plusieurs semaines, des hommes se volatilisent de la ville. Un effacement lent, étrange, rythmé par une gradation progressive. Le nombre de disparus augmente au fil du temps, des noms inconnus se superposent et s'accumulent dans la bouche des présentateurs de télévision. Certains parlent d'un événement surnaturel, d'une anomalie introduite dans notre réalité. De plus en plus, on en fait toute une affaire, et à raison : il n'y a aucune preuve expliquant pourquoi tous ces gars décident de finir leur journée en s'évaporant de la civilisation.

Moi, ça ne m'émeut pas davantage. Quelquefois, certaines personnes, à certains moments, s'évaporent aussi facilement que la fumée. Des centaines d'individus disparaissent chaque année, puis reviennent. D'autres ne donnent plus aucun signe de vie jusqu'à la fin des temps. Il faut l'accepter. On peut supposer que, durant cette disparition, ces personnes ont le désir de se retirer du regard des autres, qu'ils deviennent mouvants dans l'esprit des gens. Ils ne sont plus palpables. Ils ne sont plus un corps. Une réalité non plus. Les disparus restent juste un souvenir. Enfin, je suppose, je n'ai jamais souhaité disparaître, mais ça me fascine. Je comprends qu'on désire s'envoler ailleurs.

Pierre affirme que je dis n'importe quoi et que la plupart sont sûrement morts. Jamais autant de personnes n'ont disparu en aussi peu de temps, et ça continue. Allongé sur le canapé, à étaler du vernis pailleté sur ses ongles courts, il prétend que les histoires de stup et les règlements de compte ont pris le pouvoir sur Paris, c'est sûrement ça la raison. Je lui rétorque que ses idées sont des clichés ambulants. Comment autant de gars aux profils aussi différents pourraient être liés par une seule et même chose ? C'est impossible, je ne comprends pas.

De toute manière, je n'ai pas vraiment envie de comprendre. Je sors ce soir, c'est la seule chose qui m'importe. Pierre me demande si j'ai eu des nouvelles de Nicole. Il s'inquiète facilement. Il n'a toujours pas compris qu'elle s'efface parfois de la vie en coupant son téléphone. Et même si ce coup-ci, son absence est particulièrement longue, rien ne sert de s'affoler pour elle. Nicole est étrange, on est censé le savoir, c'est notre pote. Juste avant de partir pour le club, je dis à Pierre qu'il y aura à s'inquiéter seulement lorsque son nom sera prononcé par un présentateur à la télévision. Comme à chaque fois, il me répond que je manque d'empathie.

Une fois dans la boîte, je cherche quand même le fantôme de Nicole. Elle sort toujours au même endroit que nous, et j'avoue anticiper le moment où je remarquerai sa main frêle tenir une cigarette dans le fumoir, ou la verrai picoler contre le fond noir de la salle. Mais c'est sa colocataire que je trouve, Catarina. Elle se tient au comptoir, étrangement calme. Je lui demande ce que devient notre pote, lui dis que Pierre est chiant, mais qu'il s'inquiète pour elle. Catarina me répond qu'elle est très occupée en ce moment. Nicole n'a le temps de rien, alors elle lui transmettra mon message. Catarina est plus froide que d'ordinaire, elle me regarde à peine. Alors même que je n'ai pas encore commandé un verre, elle quitte le comptoir sans m'adresser un regard. Elle va danser. On dirait qu'elle cherche à attirer l'attention des mecs, ça ne lui ressemble pas. Puis, sorti de nulle part, un des gros lourds du club l'accoste, se colle à elle et, surprise, devant mes yeux médusés, elle ne riposte pas. Pire : elle quitte le club en sa compagnie.

Son comportement me fait dire que quelque chose cloche, avec elle et Nicole. On dirait un secret énorme, une révélation profonde à taire aux yeux des autres. J'ai la soudaine impression d'avoir manqué un épisode, comme si un événement avait eu lieu et que j'étais trop stupide pour m'en rendre compte. Je me sens totalement conne d'avoir dit à Pierre de ne pas s'inquiéter. Après tout, on sait très bien qu'avec Nicole, les choses peuvent vite déraper.

II. Catarina

Vous ne pouvez pas comprendre. Personne ne peut comprendre. Une brèche s'est ouverte.

Je me saisis du poignet de l'inconnu dont j'ai oublié le prénom. Je l'amène dans le couloir, puis devant le salon vide. Avec tout l'alcool de la soirée, il tangue un peu contre les murs. Il s'arrête un instant, le visage dans la brume. Ils ont toujours ce regard étonné en découvrant les piles de vêtements qui traînent en montagnes dans le coin, à côté de la cheminée. Mais ils ne disent jamais rien, rien ne sort de leur bouche en voyant tous ces jeans, joggings, chemises, vestes ou baskets sans couleur, ternes, comme des fantômes silencieux.

J'ouvre la porte de la chambre de Nicole. Comme à chaque fois, la chaleur fétide se dégage des parois et aspire notre être. Je m'y suis habituée. Même, cette chaleur me réconforte. Elle me rappelle notre mission. Alors, je pousse l'inconnu dans la chambre et ferme la porte, en sachant pertinemment qu'il n'en sortira jamais. Ils ne devinent jamais rien. Ils se font toujours avoir.

Nous avions bien un point commun avec Nicole. C'était d'ailleurs cette similitude qui nous avait rapprochées, sur un comptoir mal éclairé du quartier : la haine des hommes. Je l'avais vue dans la vivacité de ses propos, la grandeur de ses gestes, brusques, électriques. Je l'avais entraperçue dans cette rancœur rance dégoulinant à l'intérieur de son corps. Avant que l'on ne devienne colocataires, je lui avais dit sans sourire : je crois que si tu pouvais, tu prendrais une mitraillette, ou un fusil, je ne sais pas, et tu leur dégommerais tous la gueule. Tous. Enfin, sauf les pédés cool. Et encore.

Il faut que vous sachiez autre chose. Une nuit, Nicole a senti une brèche qui s'ouvrait, se fendait, s'illuminait, dans notre réalité. De ses mains fortes, elle l'a accaparée. Elle a manié cette ouverture à sa manière, se l'est appropriée pour transformer son dégoût en force. Le premier jour avant que tout ne bascule ou que tout ne commence, elle m'a dit : Cata, il m'est arrivé un truc hier soir. Une brisure s'est faite dans notre monde. Je ne sais pas comment je l'ai compris. Mais j'ai essayé de détruire d'une autre manière, et j'ai réussi. Sur l'instant, je ne voyais pas ce qu'elle insinuait. Derrière ses allures froides se cachait un mysticisme qui n'appelait qu'à la destruction.

Alors elle a renchéri, avec ce ton de sentence définitive : et j'ai vu, j'ai bien vu ce soir-là, j'étais face au miroir, j'avais tellement de haine contre ces gars, tellement de pensées intrusives qui venaient parasiter mon esprit, j'ai bien vu que j'avais assez de force en moi pour les mettre à terre, ces gars-là. C'est comme si ma haine avait atteint une autre dimension où c'était possible pour moi de les faire... disparaître.

C'est ainsi que, dans la plus tranquille réalité, Nicole s'est mise à dévorer des hommes. Les règles entre nous se sont très vite mises en place : je chasse dans les clubs ou dans la rue, elle les attend dans la chambre et s'empiffre d'eux. Je ne sais toujours pas comment elle fait, et je ne veux pas savoir. Grâce à la brèche qui s'est ouverte, tout est possible. Je ne vois ni sang ni traces de lutte. Je n'entends ni cris ni soupirs. Je l'imagine les embrasser pour aspirer leur souffle, jusqu'à la mort. Mais je ne sais pas, c'est son secret. Je ne connais pas tous les rouages, c'est elle la meneuse.

Il ne faut pas croire que Nicole souhaite n'importe quel homme pour se rassasier. J'ai bien compris qu'il lui faut les pires, ceux qu'elle haït en premier. La liste est longue, les proies faciles à trouver. Alors je choisis vite et bien, c'est ma mission. La cible est rapidement identifiée : l'inconnu qui me tripote les hanches en club, sans me demander mon avis ; l'inconnu sans histoires qui a cru bon de me siffler dans la rue ; l'inconnu qui me harcèle au détour d'un couloir du métro ; ou encore celui qui me traite de sale pute à peine sortie de notre immeuble. Ils signent leur arrêt de mort si aisément. À tous, je leur dis d'accord. Viens, viens chez moi, on va vivre un truc vraiment cool tous les deux, tu vas voir. Ensuite, tout naturellement, je les livre à Nicole en les enfermant dans la chambre.

Il y a seulement une chose qui me tracasse. Ce n'est pas le fait que l'on puisse découvrir les corps des hommes, puisque leurs traces s'évaporent de la surface de la Terre. Non, ce n'est pas ça. Je sais à quel point Nicole a pris goût à se nourrir des hommes pour les faire disparaître. Je le vois, ça la renforce, c'est presque trop. Elle est devenue avide d'eux. Elle sort toujours plus rapidement de la chambre en me disant : encore. Vous pouvez comprendre que j'ai surtout peur pour Nicole. Même après des centaines de proies, j'ai peur qu'elle ne soit jamais rassasiée.

Un jour, ça a été trop pour moi. Les semaines se sont étirées, les tas de vêtements ont pris de l'ampleur dans le salon. Leurs affaires ont fini par prendre toute la place. Au début, je m'amusais à empiler tous les tissus comme des trophées qui relateraient le silence de ces gars disparus. Derrière chaque veste, derrière chaque pauvre caleçon dégueulasse, je visualisais le corps qui s'y était caché un jour. Je me délectais en silence de l'appétit vorace de Nicole, de sa façon de faire durer le plaisir, sans pause ni trêve. Un mécanisme, et ça m'allait très bien.

Jusqu'à ce jour, où j'ai aperçu dans ses yeux qu'elle ne savait plus ce qu'elle faisait.

Même aujourd'hui, je n'arrive pas à décrire ce regard. Son inébranlable désir de se nourrir avait pris entière possession de son corps. Il était devenu une machine à ingérer, à mettre dans la bouche, à aspirer. Une mécanique de la disparition. Dans ce regard, elle ne me reconnaissait plus. Je n'étais plus Catarina. J'étais devenue une servante, une trappeuse bonne à enfermer les hommes dans sa chambre. J'étais réduite à un moyen de parvenir à son objectif, plus une coéquipière. Les règles sous-jacentes de notre relation s'étaient déséquilibrées. Un seul regard de sa part, et tout s'est révélé : dans cette histoire, j'étais allée trop loin.

Alors, ce jour-là, je lui ai tenu tête. Je lui ai dit : je fais du mieux que je peux, mais ça demande du temps, de l'énergie. Tu comprends ? Elle a regardé mon visage sans vraiment le voir, et a craché : il m'en faut d'autres. Il faut profiter de la brèche. J'ai hésité à répondre, la peur montant jusqu'à mon crâne. Je ne pouvais plus rester avec elle. Nicole, tu deviens totalement dépendante, réveille-toi. Ça devient ingérable cette histoire. Je n'ai plus envie. En un instant, elle m'a poussée vers la sortie en hurlant : je m'occuperai de tout ça avec ou sans ton aide. Dégage ! Elle m'a virée de chez moi, et je n'ai pas cherché à rester plus longtemps dans l'appartement. En descendant les escaliers, j'ai fouillé mon téléphone afin de préparer ma nuit ailleurs, il fallait bien anticiper. Je m'étais tellement isolée avec Nicole que je n'avais vu ni amis ni amants durant des semaines. Alors j'ai appelé Victor. C'était la dernière personne avec qui j'avais fait connaissance, avant que tout ne commence, avant que le mal ne s'immisce dans la ville.

III. Victor

Et vous vous demandez sûrement comment j'en suis arrivé là, dans l'appartement de Nicole. Ce n'est pas très compliqué à comprendre. Je suis un mec attentionné, ça c'est sûr. La plupart des meufs me traitent de connard, alors que je sais prendre mon mal en patience. Depuis le temps que j'attendais un signe de la part de Catarina, je ne dois pas laisser cette chance passer.

Peut-être auriez-vous fait la même chose que moi. Ça faisait des jours qu'elle dormait sur le canapé de mon salon. Son regard était perdu dans le vide, sa voix était faible. Un événement étrange avait eu lieu dans sa vie, je l'avais deviné. Mais elle ne souhaitait pas me donner d'explications. Lorsque je lui demandais, elle me racontait seulement que Nicole l'avait virée de chez elle. Catarina me disait : cette situation me va très bien, jamais plus je ne veux la revoir. Par contre, dès que j'en demandais davantage, elle se crispait et n'ouvrait plus la bouche pendant des heures.

Je me souvenais vaguement de Nicole. Le soir de ma rencontre avec Catarina, elle était là. Apathique, une agitation étrange dans le regard. Et puis elle était si maigre, même si ça ne l'empêchait pas d'être sensuelle et que j'avais eu bien envie de la ramener chez moi. Ce corps si frêle, prêt à tomber au moindre coup de vent.

Alors, un matin où Catarina dormait encore sur le canapé, même s'il était déjà tard dans la matinée, j'ai pris une décision. Je ne pouvais pas rester devant elle sans rien faire, sans rien comprendre. Je me suis dit : il faut bien un homme pour faire avancer la situation, puisqu'elle est amorphe depuis des jours dans mon salon. J'ai pris les clefs de son ancien appartement et je suis parti en métro jusqu'à son immeuble.

En ouvrant la porte d'entrée, et après avoir traversé un couloir sombre, je me suis retrouvé dans ce salon où des tas de vêtements traînaient sur le sol, s'élevaient comme des pyramides dans les airs. J'étais déçu de ne pas trouver Nicole chez elle. En venant ici, j'étais sûr de la croiser. Venir chercher les affaires de Catarina, c'était un peu une excuse pour voir sa coloc. On aurait pu apprendre à se connaître, un peu, juste assez pour qu'on se foute dans sa chambre et qu'elle s'offre à moi. Et puis, comme elles ne se parlent plus, Catarina ne sera jamais au courant. Alors, dans le silence de l'appartement, en oubliant un peu la raison de ma venue, j'ai fouillé tranquillement à la recherche d'une nouvelle paire de joggings, pour m'occuper. Puis la bizarrerie de la situation m'a sauté aux yeux. Une seule question m'est venue à l'esprit : pourquoi toutes ces fringues? J'ai décidé d'arrêter de brasser les vêtements. Il fallait plutôt que je prenne les affaires de Catarina, au moins elle serait contente. J'avais bien compris qu'elle ne comptait pas revenir ici, alors autant y aller à sa place. Lorsque je rentrerai chez moi, elle m'attendra là, sur mon canapé, et elle sourira en voyant ce que j'ai ramené. Et puis, peut-être qu'elle sera moins chiante, qu'elle dormira avec moi et qu'on pourra enfin conclure.

Mais maintenant, ça fait une demi-heure que je suis planté dans la chambre de Nicole parce que je me suis trompé de porte. Je me retrouve dans cette chambre vide et je ne sais pas quoi faire ni comment réagir. Je reste debout dans cette pièce aux odeurs immondes. Une odeur de cadavre ou d'humidité, étouffant le peu d'air coincé dans cette tanière. Il me faut un effort supplémentaire pour respirer correctement. En ouvrant la porte, je pensais découvrir les accessoires d'une fille banale. Une commode avec du maquillage ou des bougies portant des noms de parfums incompréhensibles, dans ce goût-là. Je tombe finalement sur ce qui ressemble à la mort. Le sol transpire la mort, les murs transpirent la mort, ça pourrait presque baver du plafond et me tomber sur les épaules. La poussière se promène le long du sol en silence.

Sur un des murs de la chambre se trouvent des inscriptions écrites en noir et rouge, en gras ou d'un trait fin selon les emplacements. Ce sont des noms qui s'alignent en listes longues de plusieurs mètres. Ces inscriptions se noient dans le mur, font partie de la pièce en vestiges. Ils proviennent de toutes les origines, de toutes les sonorités, appartiennent à des visages que je ne connaîtrai jamais. Ils possèdent tous un point commun : ce sont des hommes.

De l'autre côté, une grande carte du monde dessinée à la main s'étire sur toute la surface du mur. Je reconnais les inscriptions. Paris, Tours ou encore Marseille. Les villes sont entourées de grands cercles rouges, une multitude d'anneaux se développant partout sur la carte, dans les villes ou dans les campagnes. Elle s'étend sur d'autres pays, des noms de villes espagnoles, allemandes ou polonaises, des noms parcourant même des îles au beau milieu de l'océan. C'est comme si on avait dessiné la carte d'une épidémie, traversant toutes les frontières. Je n'en comprends pas le sens.

Sur le lit de Nicole, il n'y a qu'un matelas. Pas de housses, pas d'oreillers, rien pour dormir. Des traces noires, épaisses, sorte d'huile à moteur, carbonisée, s'étendent sur le tissu jauni par la transpiration ou par le temps. Une ancienne cheminée, réduite et obscure, demeure silencieuse dans la chambre, au milieu du mur. De la fumée épaisse semble en sortir, mais je ne suis pas sûr, je crois rêver. Chaque aspect de cette pièce s'étire, s'étend vers une irréalité dont je ne connais pas le fonctionnement.

Lorsque mon téléphone sonne dans la poche de mon manteau en cuir, je sursaute. Mon cœur bat une pulsation beaucoup trop rapide, ça ne m'arrive jamais. En voyant que c'est Catarina qui m'appelle, je décroche en me calmant. Victor, t'es où ? Il y a plus mes clefs dans l'entrée, tu les as prises ? Les éclats de sa voix vibrent dans mon oreille. Si tu es chez moi, casse-toi maintenant. Je respire un coup, mais les effluves atroces de la chambre s'infiltrent dans mon corps en poison odorant. Je tente de lui répondre calmement, même si la situation commence légèrement à me taper sur les nerfs. Un mal de crâne commence son travail, et ça non plus, ça ne m'arrive jamais. Je voulais venir récupérer tes affaires. C'est pour toi que je fais ça. Par contre, c'est quoi ce bordel dans votre appart ? On dirait une tanière. Elle attend quelques secondes avant de répondre. Elle hurle d'un seul coup : Tu vas m'écouter, tout de suite, on s'en fout de mes affaires, putain. Casse-toi d'ici !

C'est à cet instant précis qu'une porte claque. Je ne peux plus parler, il faut raccrocher. Je deviens l'intrus qui n'aurait jamais dû venir ici. Des pas résonnent dans le couloir, l'écho se propage dans tout l'appartement. Pas le temps de réfléchir, je me baisse et me glisse sous le lit. Des résidus traînent sur le parquet, au milieu de toiles d'araignées immenses.

Deux personnes entrent dans la chambre. De là où je me situe, ma perception est limitée. Les jambes de Nicole s'étirent, se plantent dans le sol avec des mocassins noirs, vernis, seule forme timide d'un reflet de lumière que je ne vois pas. Derrière elle, un homme en baskets s'arrête un instant, hésitant sur la marche à suivre. Peut-être est-ce la chambre qui lui fait peur, peut-être est-ce l'odeur qui le décourage, la réalité le rattrape et, comme moi, il n'a plus les codes pour réagir. En fait, j'en sais rien, et mes nerfs lâchent. Pourquoi je me suis foutu dans cette situation ? Je vois Nicole fermer la porte à clef, sûre d'elle.

Tout va très vite. Le corps de l'homme est poussé sur le matelas, j'entends les ressorts grincer sous son poids. Au-dessus de ma tête, le sommier s'enfonce, les barres en bois craquent. Nicole le rejoint et c'est un silence sinistre qui s'éternise pendant que mes poumons se gonflent d'un air toxique. Mes sens se perdent, se confondent, mon corps devient amorphe, mes paupières s'alourdissent. Si je ne tente pas de sortir maintenant, on retrouvera mon cadavre sous un lit. Peut-être qu'il ne sera même jamais découvert. Alors je rampe, je glisse, je cherche un moyen d'échapper à la créature. De la situation, je ne veux rien voir, ne souhaite rien comprendre. Je veux seulement être chez moi. Mais une fois au bas de la porte, un regard pèse sur ma nuque et je suis obligé de me retourner.

Le visage de Nicole est étincelant. Son corps semble s'être rempli, le creux de ses joues a disparu, et rien ne me ramène à celle que j'avais croisée le soir de ma rencontre avec Catarina. Loin d'elle l'ancien squelette, la peau sur les os, les traits violacés de fatigue sur son visage livide. Sa chair s'est nourrie de lumière, comblée. Son teint hâlé s'illumine, des grains de beauté se révèlent. La seule trace de la mort en elle est dans son regard, dans ses pupilles qui gonflent d'une ombre profonde. Je crois voir un large sourire, mais son visage reste immobile. Et il me semble entendre, ou alors est-ce seulement une pensée, je n'arrive plus à distinguer l'un de l'autre, il me semble entendre pour la dernière fois la voix de Nicole, enveloppée d'un rire froid, tranchant. C'est la foudre enfermée dans un corps.

Vous allez tous disparaître. C'est simple. Il faut le savoir. Toute une horde se met en place. Une horde sans frontières, sans pays. On est de plus en plus nombreuses. La brèche a sonné l'heure de la relève.

Et tu ne peux pas imaginer à quel point on a faim.

LES POIGNÉES D'AMOUR D'HÉRACLÈS

Kenzo Benhamous

Il fait froid, c'est l'hiver, la neige tombe à gros flocons et commence à tenir sur le sol. Vous êtes emmitouflé dans votre long manteau, on ne voit que vos yeux entre votre écharpe et votre bonnet. La vapeur s'échappe de vos narines à chaque respiration et les vitrines des boutiques alignées sont embuées. On distingue à peine les clients des magasins et des cafés. Vous vous arrêtez et vous poussez une porte vitrée, un petit tintement retentit. L'air y est bon, la chaleur vous enveloppe comme dans un cocon. Vous prenez une grande inspiration et vous sentez une odeur exquise : un mélange de grains de café fraîchement moulus avec une note d'agrumes, de cannelle, de vieux livres et de parquet ciré. La salle est remplie, mais il reste encore une ou deux tables. Vous vous approchez du présentoir, tout a l'air alléchant. Les gâteaux sont sous de belles cloches de verre. Qu'allez-vous choisir ? Un muffin à la myrtille assorti d'une boule de glace à la vanille, ou bien une part de tarte aux noix de pécans et un peu de chantilly ? Et avec cela, vous prendrez bien un chocolat viennois ou un cappuccino ? Rien que d'y penser, votre palais s'impatiente, vos papilles se réveillent et l'intérieur de votre bouche se réchauffe, vous salivez par avance. Le choix est difficile mais vous optez pour la tarte aux noix de pécan supplément caramel. Une fois à votre table, vous attaquez votre mets, votre cuillère plonge dans un cœur fondant avant de rencontrer la pâte sablée parfaitement réalisée. Vous n'attendiez que cela, et cette première bouchée vous procure un plaisir et une satisfaction immenses.

Ici, on dirait de vous que vous êtes gourmand, vous répondriez que par ce temps, vous aviez envie d'un en-cas réconfortant, dans un endroit où vous vous sentiez bien. Et vous auriez raison.

Lors d'un de ces après-midi d'hiver, moi-même assise à la table d'un café, je me suis demandé ce que c'était vraiment que la gourmandise. Enfin, surtout, d'où elle venait, et pourquoi d'un péché elle était devenue normale. Pour répondre à cette question, je me suis dit qu'il fallait remonter là où tout a commencé pour notre société occidentale. Il fallait remonter à l'Antiquité grecque.

Qu'est-ce que c'était, à l'époque, la gourmandise ? Vous n'imaginez pas un étudiant grec rentrant du *gymnasium*, s'arrêtant dans une échoppe pour commander un café latte à emporter et un cookie aux noisettes et au chocolat blanc. Ce n'est pas pour autant que les plaisirs de la bouche et de l'accumulation n'existaient pas.

Au départ, je cherchais des recettes pouvant me donner des indications sur les habitudes de consommation de chacun et chacune. Les fruits et légumes cultivés et consommés, mais aussi la présence de la nourriture dans la littérature de l'époque. Et c'est pendant ces recherches que je suis tombée sur quelque chose de bien plus intéressant qu'un simple panorama.

Je vous propose donc de partir à Athènes, au Ve siècle avant J.-C. N'ayez crainte, ceci ne ressemble en aucun cas à vos leçons d'histoire oubliées.

Nous voilà donc retournés dans la ville que l'on qualifie de berceau de la civilisation occidentale. Vous vous y voyez déjà : vous salivez lors d'un banquet où le vin coule à flots et où les fruits, parés de couleurs chatoyantes et plus juteux les uns que les autres, débordent de larges assiettes. À votre droite, un homme dont le torse musclé paraît à travers une tenue légère. Les convives s'enivrent et vous avec.

Une petite précision s'impose : si vous vous trouvez dans un banquet au Ve siècle, vous êtes issu des familles dirigeantes. Vous n'êtes pas arrivé chez vos hôtes avec une amphore de vin à la main, car vous vous trouvez très certainement dans un sanctuaire où l'on vient de procéder à un sacrifice. Puisque la bête sacrifiée ne doit pas quitter le sanctuaire, le banquet se déroule toujours sur place. Vous êtes en vérité plongé dans un événement qui est important pour la cohésion de la cité qui valorise le partage de la nourriture. Il y a un lien entre le statut social et politique de l'hôte et l'opulence des banquets.

Vous ne l'avez peut-être pas remarqué, mais l'homme à la tenue légère, qui est passé à côté de vous tout à l'heure, vous le connaissez, et ce n'est pas n'importe qui : c'est Hercule. Peut-être que vous imaginez le gentil Hercule de la cassette Disney qui traîne dans un placard, chez vos parents. Effectivement, il est plutôt beau-gosse, musclé ; rien de moins étonnant, il a, après tout, la lourde tâche d'exécuter douze travaux réputés impossibles, durant lesquels il fera preuve de force, mais aussi d'humour et de gentillesse. Alors quel est le rapport entre Héraclès — son nom grec — et le péché dont il est question ici ? Eh bien, selon les auteurs de la Grèce antique, comme Callimaque, Athénée ou Aristophane, Héraclès était un être gourmand, colérique et capricieux.

Un petit rappel s'impose. Héraclès est le fils de Zeus et d'une humaine, Alcmène. Dès son plus jeune âge, il possède une force surhumaine et étrangle les deux serpents envoyés par Héra pour le tuer et se venger de son mari adultère. Mais pour entrer dans la catégorie poids léger des immortels, il est nécessaire de lui faire téter le lait d'Héra. Hermès, l'envoyé de Zeus, profitant du sommeil de cette dernière, met Héraclès à son sein. Réveillée par l'enfant trop gourmand, Héra l'en arrache, projetant du lait dans le ciel : c'est ainsi que fut formée notre galaxie. Rien que ça. À peine sorti du berceau, le demi-dieu montrait des aptitudes hors du commun, physiques pour la plupart.

Désolée de briser certains rêves, mais notre cher Walt Disney a pris des libertés avec son héros. Ce n'est pas ce gentil jeune homme rusé et doux qu'il nous a vendu, loin de là. Dans la version originale du mythe, celui-ci, dans un accès de folie, jeta au feu ses enfants et tua sa première femme. Il paraît tout de suite moins sympathique, le héros surpuissant.

Mais alors, où sont donc passés les fameux douze travaux ? J'y viens.

Les versions diffèrent selon les auteurs, mais que ce soit à cause de l'oracle de Delphes ou bien suite à une série de rencontres et de meurtres lors de sa quête de purification, Héraclès se retrouve face à Eurysthée. Ce dernier lui confie alors douze travaux : tuer le lion de Némée, l'hydre de Lerne et les oiseaux du lac Stymphale, capturer et dompter le sanglier d'Érymanthe, la biche de Cérynie, le taureau de Minos, les juments de Diomède et Cerbère, le gardien des Enfers, nettoyer les écuries d'Augias et voler la ceinture d'Hippolyte, les pommes d'or du jardin des Hespérides et enfin les bœufs de Geryon. Ces tâches données par Eurysthée, c'est ce que l'on a gardé en mémoire lorsque l'on évoque le demi-dieu. Des meurtres, des vols et des pillages.

Je n'ai pas terminé cette liste par les bœufs au hasard ; ils sont importants, pour les Grecs comme pour notre histoire, celle d'Héraclès le glouton.

Les bœufs de Géryon ne sont pas les seuls qu'Héraclès a rencontrés. Tout d'abord, il faut préciser que ce sont des bêtes précieuses, chères et utiles aux paysans de l'Antiquité, qui plus est dans le pourtour méditerranéen où le climat est parfois rude et les terres sèches et arides. Elles servent pour les champs, mais aussi pour les sacrifices. Lors de ceux-ci, les bœufs permettent de nourrir un nombre important de personnes. Je précise d'ailleurs que, lors des cérémonies destinées à Héraclès, il n'est pas rare que ce soit la bête privilégiée : il dévore un bœuf à lui seul. C'est le cas lors du mythe de la fondation de la ville de Lindos. Là encore, il existe plusieurs versions mais à quelques détails près, l'histoire est la suivante. Héraclès, se trouvant à Lindos sur l'île de Rhodes, eut faim. Il demanda à Théiodamas, un paysan qui possédait deux bœufs de labour dans une région aride, de lui en donner un pour le manger. S'ensuivit une altercation entre les deux protagonistes. Le paysan, dans son bon droit, refusa de

céder sa précieuse bête, nécessaire à son labeur. Héraclès se saisit alors d'un des bœufs, le cuisit et le mangea, laissant le pauvre Théiodamas sur le carreau. Certains auteurs laissent même entendre que la viande ne cuisait pas assez vite à son goût. S'il avait supporté la viande crue, peut-être l'aurait-il dévorée sur le champ, sous les yeux du pauvre hère ? Nous ne le saurons pas, car le gourmand a ses exigences et notre amateur de viande dut prendre son mal en patience et attendre qu'elle fût attendrie.

Là aussi, notre héros a chassé, dompté, tué et volé. Ce demi-dieu, vénéré même par ceux qu'il a persécutés, a su garder l'image d'un jeune homme fort, juste et honnête. Un portrait assez éloigné de ses faits d'armes, donc, vous en conviendrez. Retour au placard pour le gentil héros animé.

Le penchant d'Héraclès pour la gloutonnerie n'est pas un secret. C'est un homme riche, fort et à la condition sociale élevée, en somme, un homme de pouvoir auquel on peut attribuer une nombreuse descendance spirituelle. C'est de cette découverte que j'aimerais vous parler aujourd'hui : si Héraclès appartient à l'Antiquité grecque, d'autres Hercules vont naître au fil du temps. Beaucoup d'autres.

Prenons une frise chronologique avec notre Héraclès comme point de départ et avançons un peu. Nous arrivons à la République romaine puis dans l'Empire, des périodes qui se réapproprient le mythe en renommant le héros Hercule. De ce nom découlera alors l'adjectif « herculéen ». Ce terme aurait pu désigner quelqu'un de gourmand et de colérique mais on a préféré conserver l'idée de force surhumaine, pour appuyer encore un peu plus le concept de l'homme viril.

Si on avance encore dans le temps, on en croise beaucoup, des gloutons puissants. Il y a, au Moyen Âge, Roland et Charlemagne, bien sûr, toujours à l'affût d'un bon repas pour se battre comme l'exige leur condition nobiliaire. Au XVe siècle, Philippe le Bon, alors duc de Bourgogne, organise le banquet du Vœu du faisan, censé célébrer la croisade à venir pour reprendre Constantinople aux Turcs. Mais c'est déjà Byzance ! Un faste indécent et ridicule, rapporté par les chroniqueurs, qui ne mène évidemment à aucune conquête militaire. Enfin, n'oublions pas les géants Pantagruel et Gargantua qui, malgré leur appétence pour des plats populaires comme les tripes, font figure d'Hercules érudits.

Puis, la gourmandise s'affine. Le gourmand devient gourmet et les règles de bonne conduite, notamment lors des repas, se diffusent. Nous évoquions les banquets antiques, nous pourrions tout aussi bien nous projeter lors d'une fête à Versailles où le poids de l'étiquette s'impose jusque dans les cuisines du château.

Mais arrêtons-nous maintenant un instant au XVIIIe siècle. La France compte parmi les premières puissances mondiales, surtout grâce aux colonies. Quelques voix commencent à s'élever contre la royauté, l'absolutisme et l'Église catholique. *L'Encyclopédie* de Diderot et d'Alembert voit le jour. Siècle des Lumières, oui, mais c'est aussi la période où le commerce triangulaire est à son apogée. Les lieux de pouvoir se sont déplacés, les hommes de pouvoir avec. Hercule s'appelle alors Christophe-Clair Daniel de Kervégan. Pour beaucoup, ce nom-là ne dira rien. Pour d'autres, c'est le nom d'une rue située en plein cœur de Nantes. Mais pour les Nantais du XVIIIe siècle, c'est une figure bien connue ayant profité de l'apogée de la traite. Les armateurs s'enrichissent, la cité des ducs avec. C'est à cette période qu'elle se dote de ses plus beaux hôtels particuliers.

On dit de Kervégan qu'il est un brillant négociant. L'armateur, c'est celui qui tire la majorité des bénéfices : il gère l'équipage, prévoit les vivres pour les voyages, pour récupérer des denrées précieuses des Antilles : du sucre et du café. Il profite largement de la traite. Nantes est alors le premier port de commerce négrier de France et concentre à elle seule plus d'un tiers des expéditions. Cette présence esclavagiste est discrète aujourd'hui, il n'y a plus ces navires où les esclaves étaient enchaînés et entassés dans l'entrepont, puis débarqués et vendus dans les colonies. Mais, pas besoin de fouiller dans les registres des ports marchands et dans quelques riches familles pour la deviner : s'il vous prend l'envie de faire un tour dans cette belle cité ligérienne, levez les yeux vers ses somptueux bâtiments.

Dans le mythe de Lindos, Hercule débarquait sur une île pour en piller les richesses, après avoir capturé et dompté un grand nombre de créatures mythologiques. Des faits d'armes qui, comme nous l'avons vu, sont loin d'être reluisants. C'est pourtant le même esprit de domination et de gloutonnerie qui va motiver, des siècles plus tard, des individus de ce type à capturer des peuples entiers, à coloniser des terres qui ne leur appartiennent pas, pour leur bon plaisir, leur jouissance et, bien sûr, leur enrichissement. Si l'esprit reste donc le même, l'échelle des méfaits de ces Hercules est à présent bien plus grande ; et comme nous le verrons par la suite, ces exactions sont loin d'être terminées.

L'appétit vorace des nobles, des négociants et des armateurs a permis l'inimaginable : le commerce à grande échelle d'hommes, de femmes et d'enfants, pour leur exploitation sur un autre continent par des hommes riches, blancs, nobles ou bourgeois, pour qu'encore d'autres hommes blancs, riches, nobles ou bourgeois puissent jouir de leur labeur. Alors même qu'il est remis en question par les encyclopédistes, l'esclavage n'a jamais été aussi présent en France et en Europe qu'au siècle des Lumières. Tout comme Hercule se sert d'Atlas, les marchands se servent des hommes, des femmes et des enfants. Tout comme Hercule vole les pommes des Hespérides, la bourgeoisie des villes portuaires vole et pille les terres d'Afrique pour s'enrichir et profiter des produits onéreux provenant des colonies. Hercule pourra ainsi sucrer son café sans en éprouver le moindre remords.

Après avoir enrichi l'armateur et le marchand, les esclaves viendront enrichir les gérants des plantations, majoritairement celles de cannes à

sucre de Saint-Domingue, l'actuelle Haïti. Un système bien rodé qui ne sert que l'appétit des puissants.

Kervégan, lui, profitera du commerce mais aussi de la Révolution. Il devient maire de Nantes dès 1789. Ainsi, Héraclès poursuit son chemin. Le XIXe siècle sera un terreau fertile à son appétit insatiable. Les possibilités sont décuplées : plus besoin de pouvoirs surhumains pour conquérir le monde, il suffit de machines et de charbon. La révolution industrielle transforme les sociétés et le paysage. Les villes accueillent des usines, les campagnes peu à peu se vident. Nous voici arrivés au terme de notre frise chronologique, dans le monde d'aujourd'hui. Ce monde, je pourrais vous le décrire, mais vous le connaissez certainement autant que moi.

Ce héros grec aujourd'hui n'est pas un mais multiple et sa gourmandise nous étouffe. Du bœuf, il s'est rué sur les hommes, l'argent et le pouvoir. Les Hercules ne peuvent plus se contenter de la simple gourmandise : presque tous les habitants des pays occidentaux y ont accès. Alors, ils veulent plus. Pour cela, aujourd'hui plus que jamais, ils écrasent les paysans, les ouvriers et les classes moyennes.

Les Hercules d'aujourd'hui exercent dans plusieurs domaines : ils se sont diversifiés et suivent le marché. Leur point commun ? Ce sont des *working-boys*, premiers arrivés et derniers partis. Un rythme d'enfer, une réunion à Los Angeles suivie d'un vol en jet privé pour Tokyo où un autre meeting les attend le lendemain, pour étendre le marché et profiter des plus précaires encore un peu plus. Pendant le vol, et entre deux blagues d'un goût douteux, l'hôtesse de l'air leur propose du champagne, du caviar et un bœuf de Kobé pour satisfaire leur délicat palet. La gourmandise originelle n'est jamais loin.

Hercule s'est mis à l'agriculture. Quoi de mieux pour assouvir ses pulsions gloutonnes ? Il a voulu dompter la nature. Il voulait un bon rendement pour produire plus, moins cher. Il s'est mis en quête d'une solution pour éradiquer les insectes et les mauvaises herbes. Et la médaille revient au glyphosate. Mais cet Hercule est allé plus loin encore. Il a créé des espèces génétiquement modifiées pour y résister, sinon, la plante non modifiée mourrait sous ses effets. Les sols se sont appauvris, la biodiversité a chuté et les cancers ont explosé. Le glyphosate, lui, est toujours là. Mais le cynisme ne s'arrête pas là. Hercule sait que ce qu'il produit est dangereux, alors lui s'offre le luxe de manger des oiseaux de Stymphale élevés en plein air et des pommes bio du jardin des Hespérides, des produits sains, et laisse ceux qu'il a transformés aux plus pauvres. S'ils ne meurent pas de la faim, ils mourront de l'ingestion de cultures contaminées.

Un autre Hercule s'est penché sur une ressource qui possède une valeur inestimable : le pétrole. Les machines du XIXe siècle lui ont permis de creuser plus profondément dans le sol pour le trouver en quantité. Plus besoin de détourner des fleuves pour nettoyer les écuries d'Augias quand une machine ayant un moteur à explosion peut le faire pour soi. Alors Hercule en a profité et n'a pas hésité à exproprier, vendre, racheter, détruire, construire et polluer. Il le fait encore d'ailleurs. En Tanzanie et en Ouganda sous les noms de projets EACOP et Tilenga. Tout comme Héraclès se servait d'Atlas pour cueillir les pommes d'or, nos Hercules contemporains utilisent les populations locales dans leur quête de l'or noir. Atlas, ne voyant pas la ruse d'Héraclès, est condamné à porter la voûte céleste pour l'éternité. Nos Atlas modernes sont condamnés à être déplacés, et à respirer un air pollué.

Hercule peut à présent se lancer dans l'industrie automobile, les GAFAM et la conquête de l'espace. Gravir l'Olympe ou découvrir les enfers ne suffit plus. Comme un retour aux sources, il veut s'emparer de la Voie lactée. Il y lance des dizaines de fusées. En pure et vaine démonstration de force, il y propulse ses propres voitures sans autre but que celui de pouvoir le faire.

La planète Terre se détériore, et Hercule fait son marché, il peut s'acheter ce qu'il veut. Il règne en maître. Il porte aujourd'hui des noms différents mais son *modus operendi* reste le même, il impose sa volonté et se goinfre sur le dos des travailleurs. Il n'a pas totalement abandonné l'esclavage, n'a que faire de la justice. Cet Hercule-là, c'est peut-être celui qui incarne le mieux le péché capital. Capital parce qu'il ne jure que par lui, le grand capital. Celui coté en bourse, celui qui compte en barils de pétrole. Celui qui lui a subtilisé sa conscience et qui lui dicte ses choix pour devenir de plus en plus grand, de plus en plus gras. De plus en plus sale aussi, il est taché de sang.

Les Hercules se sont succédé, tels des êtres affamés, ils ont mangé, mangé, mangé, sur le dos des plus faibles. Comme Héraclès, ils ont chassé, tué, dompté, volé. Seulement la cible a changé. Les oiseaux se sont transformés en hommes et la faim en soif. Une soif inextinguible de richesse et de puissance. L'arrogance de croire que le monde entier peut-être dominé. Le culot de faire passer cela pour le bien commun. L'audace de se présenter comme les sauveurs de l'humanité.

Enveloppée par la chaleur et les odeurs sucrées, mon café encore brûlant, je porte mon dévolu sur une part de tarte aux noix de pécan d'une couleur alléchante. La salive inonde ma bouche. C'est bon, la tarte aux noix de pécan, le mariage parfait d'une texture fondante et un goût d'une douceur infinie. Mais cette douceur s'est teintée d'un goût amer, un goût d'injustice, un goût d'interdit.

Encore quelques minutes de répit avant de braver le froid mordant.

GÉRARD ET LE BANANA SPLIT

Marine Raut-Guillerme

Quand j'étais petite, tous les ans, on allait au restaurant avec mes grands-parents. Il s'agissait toujours du même endroit, au cœur de Lorient dans le Morbihan. À l'entrée, il y avait une statue de cochon. Je la guettais dès que nous arrivions dans la ville en voiture, c'était mon repère, le signe que j'allais me régaler. Je la retrouvais avec joie chaque été.

J'y prenais le même repas, un poisson blanc beurré doré, avec une tonne de frites. Mais, ce que j'attendais impatiemment, c'était le dessert…

Les yeux remplis d'étoiles, je regardais arriver devant moi une montagne de chantilly crémeuse, qui cachait une pluie d'amandes effilées et des boules de glace, chocolat-vanille-fraise, puis une banane…

Mon banana split, mon apothéose !

Chaque année aussi, coincée dans une boucle temporelle où chaque mot et action se répéteraient inlassablement, mes grands-parents me disaient : « oh, la gourmande » et, quand, ça ne loupait jamais, je tachais mes vêtements de glace au chocolat : « oh, tu es comme la statue, une cochonne ! ».

Ça me piquait tant à vif, c'était si cuisant, que j'en perdais le goût pour mon dessert rêvé.

Je repense à ça, ce soir dans ma cuisine, pendant que je me prépare un banana split maison, crème chantilly à foison.

Pourquoi j'avais honte ?

Pourquoi gourmande était une insulte ?

Dans le silence de mon appartement, adossée contre mon

micro-ondes, je me questionne en mangeant mon dessert, les yeux baissés sur mon téléphone.

Inattendu, un semblant de réponse s'esquisse, alors que sur mes réseaux sociaux s'affiche le visage d'un des plus grands acteurs français que la Terre n'ait, apparemment, jamais porté.

Je me dis : « Lui c'est un gourmand ! C'est LE gourmand. »

Ce n'est pas moi qui le dis, c'est tous les autres.

Il est même devenu le roi des hommes gourmands, à qui on pardonne tout et chez qui on admire l'estomac sans fin et la gueule qui avale.

Un homme gourmand comme beaucoup d'autres. Des hommes gourmands qui mangent et qui boivent, qui aiment la bonne bouffe, la viande rouge, le vin rouge. Des hommes qui savourent les plaisirs de la vie de fond en comble. Ils en ont réclamé la propriété, ils s'y sont confortablement installés, rois en leur royaume. Ils en ont fait le tour plusieurs fois, ils grattent pour en avoir toujours plus, ils grappillent, ils dévorent, ils ravagent, ils vous agrippent vers eux et vous entraînent dans un gouffre dont ils sont les seuls à sortir indemnes.

Vous connaissez des hommes gourmands.

Je me demande bien ce que cela veut dire, en lisant, dégoûtée, les nombreux articles qui s'extasient devant son appétit.

Sur internet, je cherche la définition du mot « ogre ». Le Larousse me dit :

« Ogre : nom masculin (altération du latin Orcus, nom d'une divinité infernale) 1. Géant des contes de fées qui, selon la tradition, se nourrit de la chair fraîche des enfants. 2. Littéraire. Homme méchant, cruel. 3. Familier. Glouton, grand mangeur. »

Lorsqu'ils l'ont surnommé l'ogre, avaient-ils conscience de sa cruauté ? Était-ce leur manière de mentionner qu'il assouvissait son appétit en écrasant ? En attaquant le corps des autres ? Les autres, les sans appétit, les pas gourmandes ou les gourmandes secrètes ?

Les autres : les femmes.

Ça me coupe l'appétit, je repousse mon banana split et je pourrais m'empêcher de manger pendant longtemps.

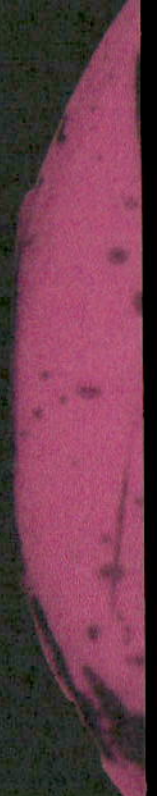

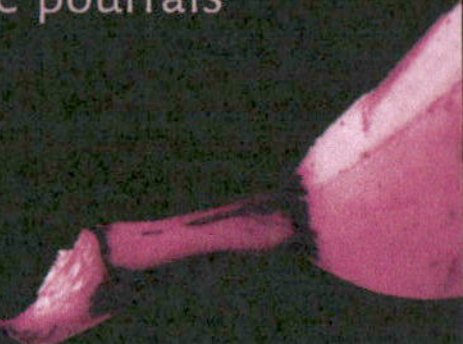

Écœurement encore, quelques jours plus tard, à la lecture de la tribune de personnalités qui prennent la défense du grand cruel et de son appétit.

Peut-être qu'à huit ans, à Lorient en face de mon dessert, j'avais compris quelque chose. Un truc qu'on intègre inconsciemment, comme les petites filles savent si bien le faire. Porter des robes, dire oui et sourire, manger cachée, ne pas avoir l'air d'en vouloir.

Peut-être que le mot gourmande cachait un monde dans lequel c'est moi qu'on aurait engloutie, ensevelie sous la honte du corps et la violence des hommes.

Au fond de moi, je savais peut-être déjà qu'il ne valait mieux pas, ni s'approcher d'un gourmand, ni en être une.

Mais, parce que les petites filles sont complexes, je sens que celle en moi se révolte. Elle n'est pas satisfaite de cette conclusion définitive.

Elle, elle veut dévorer son banana split, et le monde. Elle ne voit pas ce qu'il y a de mal à ça. Elle dit : « mais non ! ce n'est pas ça un gourmand, il n'en est pas un, ni lui, ni les autres ! ».

Je réfléchis.

Oui, peut-être.

Peut-être qu'ils nous l'ont volée, la gourmandise, qu'ils s'en sont emparés, et qu'ils n'en avaient pas le droit. Elle serait devenue un alibi. Un alibi pour ravager au grand jour sans s'excuser et sans que nous n'en disions rien.

Tout d'un coup, je me sens volée dans ma définition.

Pour insulter et mépriser, pour violer et faire disparaître, ils se sont emparés d'un mot, d'un joli mot.

Ils ont disposé des femmes comme des aliments sur un buffet, ils ont mangé les corps et les esprits de celles qui ont eu la malchance de les avoir trouvés sur leur chemin.

C'est une gourmandise bête et méchante, qui s'impose, avilit, entache.

Alors, c'est sûr, vu comme ça, pas étonnant que la gourmandise soit un vilain défaut.

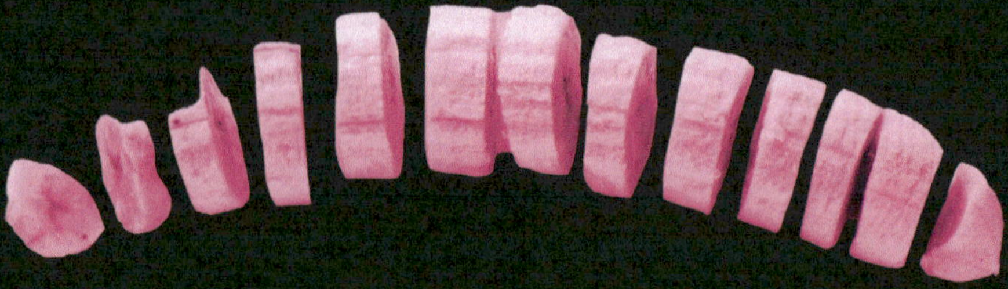

Pas étonnant qu'on ait honte des traces qu'elle laisse sur nos corps.

Pas étonnant qu'on ait plus peur de manger que de se priver.

Pas étonnant qu'on se cache pour vomir.

Pas étonnant qu'on refuse de prendre un dessert.

Je tente d'écrire ma propre définition. J'essaye d'y injecter la beauté pleine des moments partagés, de l'envie de goûter innocemment. Je piste les traces de gourmandise dans mes interactions avec les autres, dans les paysages que je regarde, dans les mots que j'écoute, et dans ceux que l'on m'offre.

Et puis, je m'empare de mon banana split, et je nous regarde dans la glace, moi à trente ans, moi à huit ans. Et je m'y vois manger la bouche ouverte me tacher les mains avoir les doigts pleins de beurre se resservir tendre une assiette cuisiner pour trop parsemer de fromage rajouter du sucre voler un raisin au supermarché saucer le plat lécher l'assiette acheter des bonbons à la boulangerie offrir des chocolats cueillir des mûres s'essuyer la bouche et dire oui encore.

Regarder notre ventre repu et notre bouche qui mange. Nous sourire.

l'embrouillonnement

Le cannibalisme

Est-ce que vous ne pensez pas que nous faisons une grande différence entre tuer et manger ? Les humains se tuent entre eux depuis toujours, et moralement, il y a beaucoup de situations où l'on considère cela acceptable, mais pas de les manger. Pourquoi ?

Amélie : C'est drôle, dans la première version de ma nouvelle, l'entreprise se contentait de récupérer les corps des personnes décédées avec l'accord de leur famille. Finalement, dans la dernière version, on peut vendre un de ses bras contre de l'argent. Cela dit, l'entreprise ne tue personne, ce ne sont que des cadavres, ou de l'amputation volontaire !

Cela lèverait la barrière éthique : on ne tue personne. Et pourquoi pas ? Les logiques de marché adaptées à la consommation de viande humaine pourraient exister...

Amélie : J'ai fait des recherches sur les dystopies autour du cannibalisme, et ça n'est pas toujours le cas, il y a des dystopies où on tue les humains pour les manger ! C'est encore différent.

Victoria : Pourtant, à première vue, ce serait plus moral de les manger, pour ne pas perdre toute cette bonne viande. Est-ce que vous savez s'il y a des cultures ou des occurrences dans l'histoire où manger le corps d'un autre a pu être considéré comme un geste de dévotion, voire d'amour, et pas comme une horrible transgression ? Ce serait intéressant de renverser ce rapport au cannibalisme, qu'il puisse être quelque chose qui honore le corps de l'autre finalement, au lieu de le soumettre.

Amélie : Je ne sais pas. C'est une bonne question en tout cas. Le livre *Le Corps exquis* de Poppy Z. Brite finit comme ça : le personnage principal mange un morceau de son amant, et c'est présenté comme une manière de le garder avec lui.

Victoria : Je pense effectivement que ça peut se retrouver dans les relations amoureuses et/ou sexuelles. C'est pour ça que je me demande si à l'échelle d'une culture on en trouve des traces…

Eris : Steven Cohen a fait une performance dans laquelle il mange les cendres de son amant (il en parle dans une interview avec Barbara Turquier disponible en ligne) et les amis de Tupac ont fumé ses cendres après sa mort, comme il l'avait demandé dans une de ses chansons. C'est un imaginaire qui, même tabou, reste très présent dans notre culture. ●

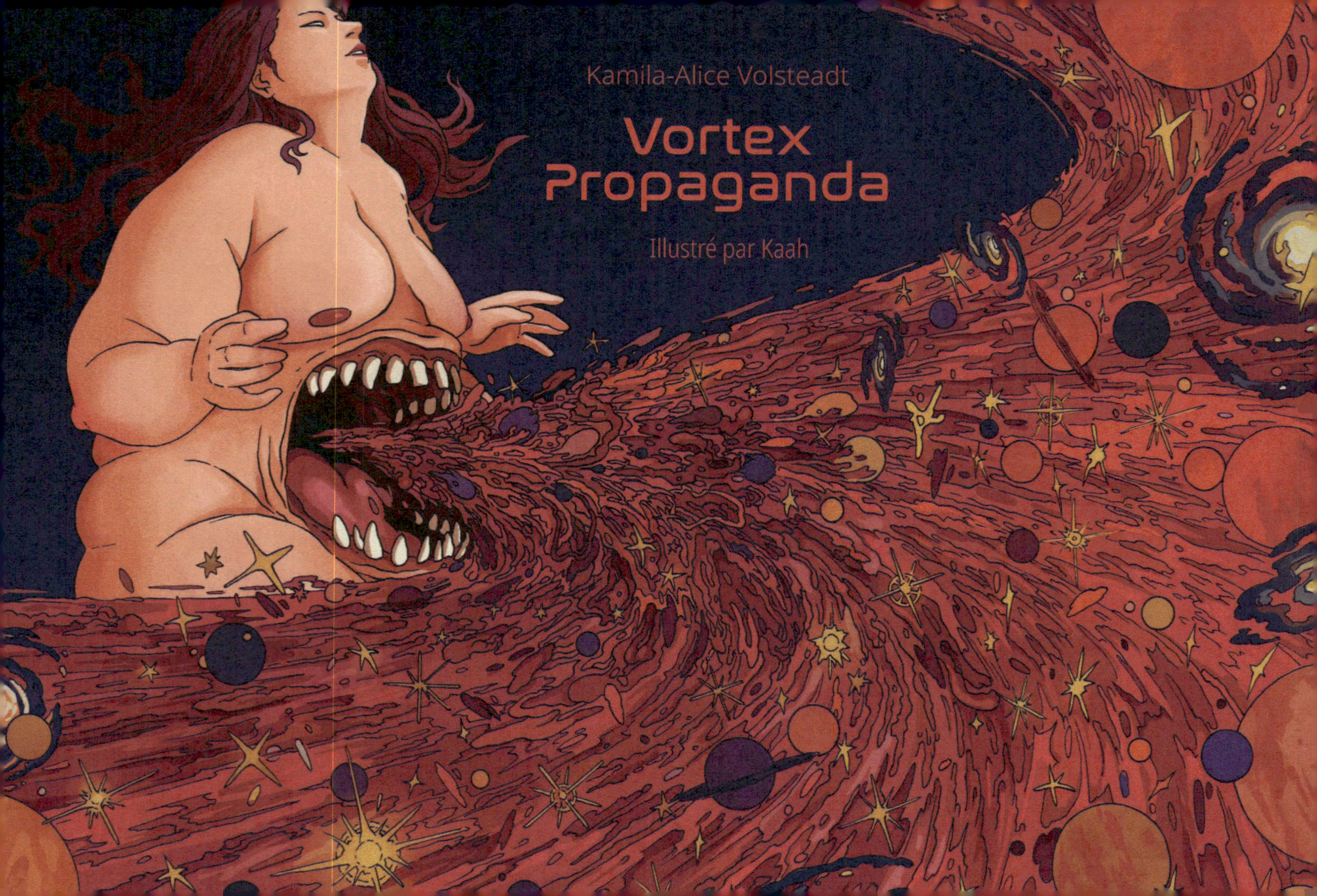
Kamila-Alice Volsteadt
Vortex
Propaganda
Illustré par Kaah

Je n’ai jamais mangé de ma vie
Je n’ai fait que me bâfrer
Je ne mastique pas la nourriture
Je l’avale
Sans me soucier véritablement du goût
Ce qui compte
C’est la sensation dans la gorge
Parfois, je penche la tête
Bien en arrière
Et je tente
(C’est ridicule)
De faire entrer dans ma bouche
Un maximum de nourriture
Et cela jusque dans ma gorge

J’aime bien ne plus respirer
Il est possible que j’en meure de cette pratique
(C’est tellement morbide)
J’aime avoir la sensation de crever quand je mange
Faut croire qu’en tout cas j’aime ça
Pour me retrouver à le faire aussi souvent

Je dois vraiment aimer ça me crever le bide
Au point de faire péter les boutons de mon pantalon
J’imagine que les gens pensent ça
Que je dois aimer ça

T’aimes ça, hein ?

Non
Je n’aime pas ça
Je n’avais plus envie
Je ne pouvais plus
Ce n’était plus possible
Je n’avais plus envie de sentir des mâles dans ma gorge
Fini les mâles du Bas-Rhin

Alors j’ai changé de méthode
Plutôt que des poireaux
J’ai préféré m’étouffer avec des morceaux de cadavres
Peu importe l’animal
Canard bœuf cabillaud mouton saumon poulet
Dinde truite cochon cheval lapin oie crevette chien

Kamila-Alice Volsteadt

N'importe quoi
N'importe qui
Je m'étouffe avec vos cadavres

Désormais
Ce ne sont plus les mâles qui me font du mal
C'est moi qui fais le mal
Je suis le mal

« Vous n'allez pas me parler du sexe des escalopes
quand même ! »

La viande c'est viril
Alors je vais manger des morts
Moi aussi je veux dominer comme vous
Parce que moi je veux plus avoir peur
Je veux être la peur
Et puis aussi
Surtout
Je veux m'en foutre comme vous les mâles
Je ne veux plus me réveiller en étant mal

Vortex Propaganda

Au bord de la crise de panique
Parce que la planète brûle
Je veux participer moi aussi
Incluez-moi dans vos barbecues
Laissez-moi me remplir la gorge de viande
Je ne veux plus être votre salope
Mais être une salope qui avale des kilomètres
Dans une belle voiture qui me rendra fière
Gourmande en carburant
Dont le bilan carbone
Équivaudrait au PIB d'un petit pays

« Dans un voyage en absurdie
Que je fais lorsque je m'ennuie
J'ai imaginé sans complexe
Qu'un matin, je changeais de sexe
Que je vivais l'étrange drame
D'être une femme. »

Non
Ce n'est pas un drame que j'imagine

Ou que je rêve
C'est ma vie
Je dois accepter ma réalité
Je ne fais pas partie du club
Je ne suis pas un mâle
Si je m'empiffre comme vous
Personne ne m'applaudira
Si je veux briller
C'est par mon sens de la retenue
En mangeant peu
En laissant les plus beaux morceaux
Aux petits
Et aux messieurs

Tu ne crois pas que tu as assez mangé ?

Non
J'aurai assez mangé lorsque pour respirer
Je devrai retirer ma ceinture
Je n'aime pas cette sensation
J'aime le fait de côtoyer la mort

Lorsque je ne parviens pas à boucler ma ceinture
Je songe à me la mettre autour du cou
Histoire d'étrangler ce trou noir
C'est fini de se clouer le bec avec de la bouffe
Il faut passer aux choses sérieuses

Étouffe-toi avec ta bouffe !

Je crois que je pourrais enfin ressentir quelque chose
En tentant de ne plus respirer
Comme à la piscine
Quand je fais semblant de me noyer
J'aime bien la piscine
Et devenir cette baleine dans votre regard

Je rêve de m'acheter un maillot une pièce
D'y faire inscrire en très grosses lettres

« FAT PROPAGANDA »

Kamila-Alice Volsteadt

Tel un club de natation
Un exploit sportif
Si je suis grosse
C'est parce que je le veux
Mon corps
Il sera toujours trop petit
Il n'y aura jamais suffisamment de place
Pour accueillir le vortex
J'aurai faim toute ma vie

Beaucoup trop de rage
Trop de tristesse
De dégoût
Pour un si petit corps
Comment un corps aussi petit
Peut-il accueillir autant de souvenirs
Autant de traumatismes

Chaque jour
Sous la pression
La peau se déchire

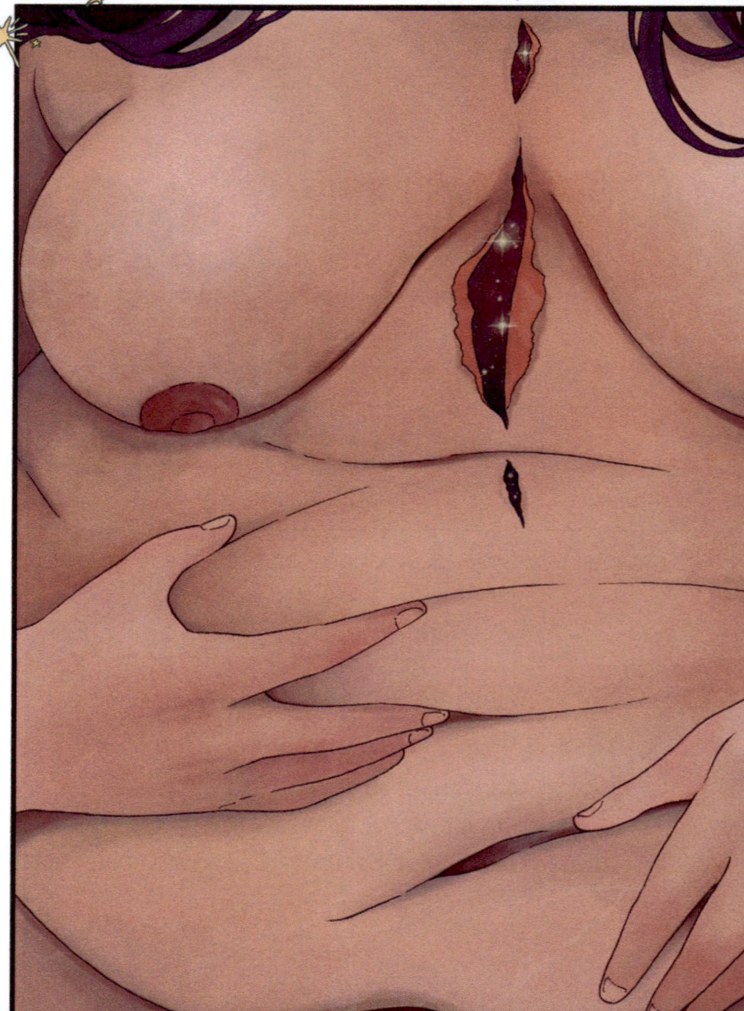

Elle craque sous le poids de ce trou noir détraqué
Ça gratte
De jour comme de nuit

Maigrissez, et vous n'aurez plus d'eczéma !

Elle a tort la dermato
Mon eczéma
Ce n'est pas parce que je suis trop grosse
Mais parce que je suis trop maigre
Un jour
Je vais avaler la Terre
Et peut-être qu'enfin
Mon trou noir sera enfin à son aise

Depuis mon plus jeune âge
Je me grignote pour accélérer le processus
J'adorerais dire que mes ongles je les recrache
Mais je les croque
Je les mâche et je les digère
Je m'auto-digère

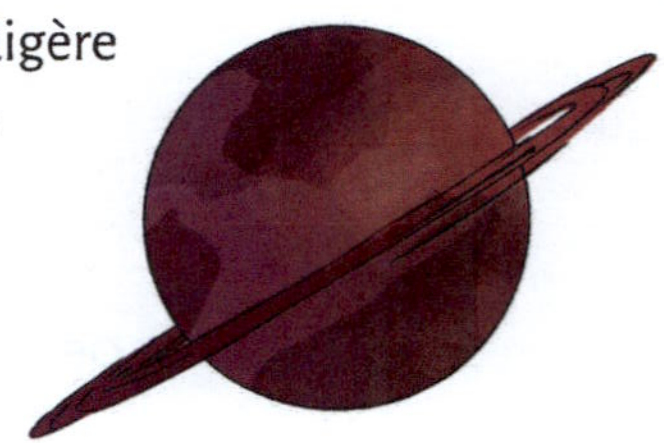

Il paraît que le cannibalisme ça fout Creutzfeldt-Jakob
La vache folle
Est-ce que cela va changer quoi que ce soit ?
Cela ne changera rien de choper ce prion
Je suis déjà une vache folle

Abilify
17 kilos
Tu préfères être grosse, ou bien, avoir envie de te suicider ?

Quétiapine
8 kilos
Tu préfères être grosse, ou bien, avoir des hallucinations ?

Risperdal
12 kilos
Tu préfères être grosse, ou bien, être morte ?

C'est pas les médocs

Kamila-Alice Volsteadt

Vortex Propaganda

C'est la faim
Parfois
La faim me réveille la nuit
Et au lieu de sortir de chez moi pour regarder les étoiles
Je m'en vais fixer le contenu de mon frigidaire

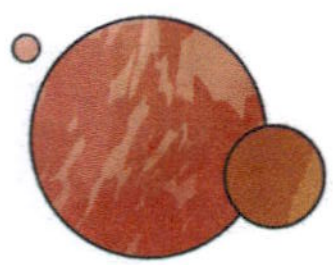

Dormi / réveillée
Dormir / éveillée

To stare or to store
Même chose
J'engloutis du regard le contenu de mon réfrigérateur
Je dévore des yeux les restes
C'est un univers qui s'offre à moi
Ce bol débordant d'un restant de pâtes
Brille de mille feux
Comme un soleil arrogant devant mes yeux
Ces dés de fromage
Telles des comètes destinées à percuter ma langue
Et ensuite ma gorge
Ces crèmes desserts chocolatées

Sont une galaxie que je dois m'empresser d'avaler
Un vrai massacre stellaire

J'aimerais tant pouvoir dire
Que je ne vais faire que regarder
Mais c'est faux
C'est une préméditation
Staring for better stocking

À défaut de poussière stellaire
À me refourguer dans le nez
Ou à m'injecter dans les veines
J'avale des quantités pareilles à une planète
Bye bye Jupiter
Je suis le Temps
J'absorbe ta fratrie
J'absorbe tout un système
Neptune disparaît dans mes abysses
Je suis le Temps
Il n'y a plus de passé ou de futur
Uniquement un présent dévorateur

Mars / Vénus / Mercure / Pluton
Vous n'adviendrez pas
J'absorbe des quantités titanesques
Je deviens Espace
Je suis le trou noir
Je suis la destruction de ce monde

Dormi / réveillée
Même chose.
Dormir / éveillée
Même chose.

Parfois je me demande
Lorsque je mange
Si je suis vraiment éveillée
La vie quitte un peu mon regard
Je suis possédée par la bouffe
Et ce n'est qu'à partir d'une certaine quantité
Qui m'amène aux portes de la mort
Que seulement
Je reprends conscience et vie

J'aspire seulement à ce que mon frigidaire
Engloutisse ma faim grande comme le cosmos
C'est la Grande Ourse dans mon estomac
Après cette épreuve
Je mérite le lit
Je vais hiberner
Je mute en Grande Casserole
Je ne suis plus que ça
Un récipient qui mijote
Je ne parviens pas à m'ennuyer
Tant je suis occupée à digérer ces émotions
Que mon trou noir
Enfin rassasié
N'aura pas à me recracher ensuite à la gueule

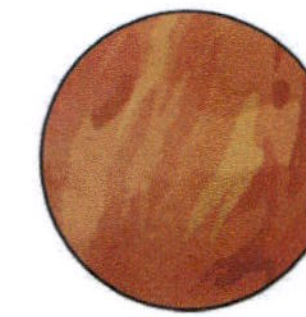

Dormi / réveillée
Dormir / éveillée

Cela fait des années que je ne me suis pas
réveillée heureuse
Satisfaite de ma personne

Kamila-Alice Volsteadt

Vortex Propaganda

Prête à réaliser mes rêves
Je n’ai plus aucun rêve
Seulement des cauchemars
Je n’aspire plus à rien
J’aspire de la nourriture
Je n’ai pas d’autre horizon dans ma vie
Que ce que me dicte
Seconde après seconde
Le trou noir

Je n’aspire plus à rien
Si ce n’est peut-être
Devenir une star
Des concours de mangeurs de bouffe aux États-Unis
Peut-être que je ne peux aspirer qu’à cela
Peut-être que je ne sais faire que cela
Aspirer de la nourriture
On a tous rêvé enfant d’être une star américaine non ?

Je confonds
La joie et la faim
Je confonds
La tristesse et la faim
Je confonds
La colère et la faim
Je confonds
Le soulagement et la faim
Je confonds
La honte et la faim
Je confonds
La solitude et la faim
Je confonds
La fierté et la faim
Je confonds
La jalousie et la faim
Je confonds
La peur et la faim

Au lycée
J'ai cohabité avec la colère
Presque chaque jour
Je voulais venir t'arracher la tête
Mais j'ai préféré gueuler dans la cuvette des chiottes
Ambiance gros vomi
Lorsque je suis allée me laver les mains dans les toilettes
Je me souviens de m'être dit
Que le savon paraissait appétissant
Tout lisse, tout blanc, tel un pain de graisse
Si ça ce n'est pas un craving

La bouffe
Ce qu'il y a de bien
C'est que c'est légal
Contrairement à tout ce que je prenais avant
Mes bras sont boulimiques
Mon nez est boulimique
Je suis boulimique de tout mon corps
Si seulement la sensation de manque s'exprimait
Que par la bouche ou le ventre

Chaque fois
Je sors de chez mon psychiatre
En ayant envie de péter la gueule à n'importe quoi
N'importe quoi ayant la capacité de
Me ramener à un état antérieur
Antérieur à celui que j'expérimente présentement
Le vide intersidéral

J'ai essayé de ruser pourtant
La crise hyperphagique
J'ai essayé de la faire avant le rendez-vous
Mais à quoi bon
Je la faisais avant
Mais aussi après

Comme une bête
Comme une truie
Je dévore
Je ne parviens pas à lutter contre cette faim de loup
Cet appétit prédateur d'ogresse

Kamila-Alice Volsteadt

Gégé
Lui il avait tellement faim
Qu'il s'était mis à manger les femmes

« Ça se mange ça ? »

Faut jamais cesser de croire aux contes
Les ogres existent
Ils mangent les petites filles
Le grand méchant loup existe aussi
Il ne faut jamais oublier que les affamés existent
Qui ne connaît pas le grognement de Gégé ?
Il grogne devant une petite fille
Comme devant un agneau de Soay

Heureusement
Pour contrebalancer
Il y a ces filles-là
Les man-eaters
Elles se vengent pour nous des ogres

Vortex Propaganda

Je pense à ma fée empoisonnée
Poison-Rose
Un joli brin de fille
Ma meilleure amie
Je me demandais comment elle faisait
Elle est tout aussi
Si c'est n'est plus traumatisée que moi
Or Poison-Rose
Contrairement à moi
Elle ne mange pas
Elle se prive
C'est une fille pas épaisse
Pas comme moi
Je suis la meilleure amie grosse et à lunettes
La pom-pom girl et son rat de bibliothèque
Voilà notre duo
Si moi je mange sans me priver
Elle se prive de manger
Je me demandais comment elle faisait
Comment ne pas céder
Au fait de remplir son trou noir avec de la nourriture ?

Elle mange le cœur des hommes.

« Oh-oh, here she comes
Watch out, boy, she'll chew you up
Oh-oh, here she comes
She's a man-eater »

Poison-Rose est ma meilleure amie
Elle n'a pas peur de s'enfiler des poussières d'étoiles
Et elle dévore les hommes
Elle est boulimique autrement
Elle se ravage autrement
Et si toutes les deux
Nous avons choisi des méthodes différentes
Pour autant
Nous sommes les mêmes
On a choisi de dire merde à la bonne santé
Nous ne sommes pas de bonnes filles bien sages
Nous sommes des merdes
Improductives
La grosse vache folle
Et sa salope de droguée de meilleure amie
On fait peur
On incarne ce que personne souhaite devenir

Surtout moi
On romancera toujours sur les maigrichonnes droguées
Mais les grosses à lunettes ?
Qui nous fantasme ?
Qui pour trouver cela vraiment glamour ?
Personne !
Je suis le cauchemar de toutes les femmes
post-modernes

Vous avez peur des corps gros
Vous détestez nos corps
Vous êtes dégoûtées par les femmes grosses
Vous êtes dégoûtées par les grosses arabes
Les grosses noires surtout
Les grosses personnes non-blanches
qui puent la précarité
Vous feriez tout pour ne jamais nous ressembler

Kamila-Alice Volsteadt

Vaut mieux tomber dans les pommes
Vaut mieux être anémiée
Vaut mieux avoir froid en permanence
Vaut mieux supporter la fatigue quotidienne
Que de nous ressembler

Vous idolâtrez ces femmes blanches
Fières et fluettes
La droiture morale incarnée
Elles sont sèches
Pas un pet de graisse sous la peau
Avec leurs os apparents
Et qu'elles aiment tant nous exposer

Ça ne te dérange pas que je me déshabille devant toi ?

J'ai cette douleur face à ta pudeur
La honte est dans mon regard
Jamais dans le tien
Tu n'as pas peur de te déshabiller
Tu n'as pas honte de ton corps

Vortex Propaganda

Tu veux me le montrer
Mais tu ne l'assumes pas
Parce que tu es quelqu'un de bien
Pudique
Digne

Ah oui c'est vrai,
vous avez tendance à prendre plus facilement du poids

Vous avez besoin de vous distinguer
Il y a vous et il y a les autres
Et cela doit se voir dans vos corps
Tu n'es pas une grosse femme pauvre et racisée
Tu es une femme blanche de la bourgeoisie
Tu es Isabelle Huppert
Tu es précieuse
Tu n'es pas Precious

Tu es à la limite du corps-sans-organes
Ta corporalité ne sera jamais assez pure
Elle est encore trop triviale

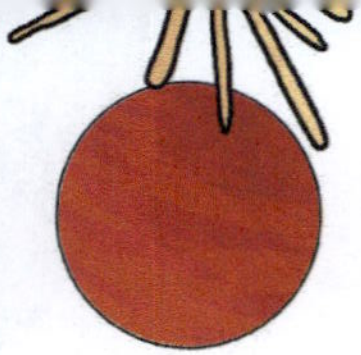

Et nous
Dans ton regard
Nous sommes le sauvage
Nous sommes des animaux
On se baffre d'ailes de poulet dans un KFC

Toi tu aimes
D'un geste de la main
Très poli
Accompagné d'un sourire
Signifier que tu n'en veux pas

Non merci, je n'ai pas faim

Tu repousses d'un geste de la main
Sans violence
Avec douceur
Presque fragilité
Refuser puise dans le peu d'énergie que tu as
Et tu me souris
Pleine de compassion

Parce que je succombe
Je mange

Tu es sans besoins
Tu n'as pas d'envie
Pas comme nous
Qui aimons manger comme des porcs
Qui aimons baiser comme des porcs
Non
Toi tu es une fille civilisée
Tu n'es pas une bête
Tu résistes à l'envie
Contrairement à *ces* femmes

Tu es une fille
Pas une femme
Tu ferais tout
Même mourir
Pour ne pas avoir trop de seins
Parce que
C'est vulgaire

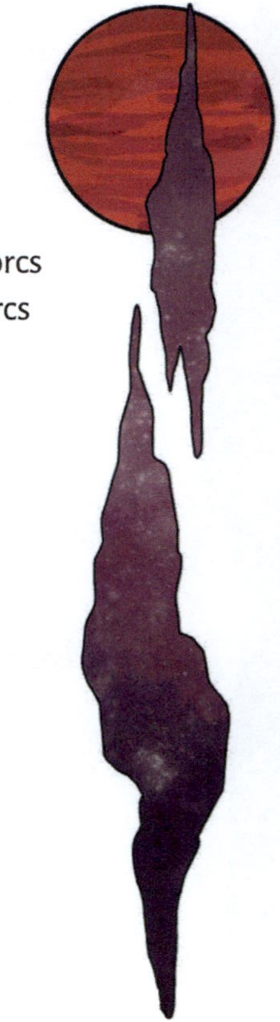

Je ne suis pas noire
Je suis une demi-arabe
Mais je vois tes yeux
Pas besoin d'être noire pour déceler ta négrophobie
Tu détestes leurs gros seins
Leurs grosses fesses
Leurs grosses lèvres
Pour toi
Chaque partie de leur corps est associée à cela
La grosseur

Mais tu es polie et bien éduquée
Alors tu ne le fais jamais
De le dire
C'est vulgaire
Tu te tais et tu regardes
Avec un sourire crispé

Je connais les conséquences de ce dégoût
Parce que pour vous
Ce sont des corps monstrueux

Je connais les implications
L'histoire
Je me souviens
Je ne t'oublie pas Saartjie Baartman

Ton racisme est plus subtil
Ton mépris des gros seins et des grosses fesses
Ta misogynoir
Tu peux l'exprimer avec ton opinion
Bien arrêtée et très partagée
À propos de
Notre plus grande arnaque de l'univers connu
Kim Kardashian
Elle est vulgaire n'est-ce pas ?
Kim K
Qui reprend la mode afro-américaine
Vole leur culture
Pille leur corps
Pour les transformer en milliards
Kim K
Qui pense être noire

Tu la détestes
Elle est vulgaire
Elle a réussi en ne faisant rien
Ce que tu détestes au travers d'elle
C'est la femme noire

Cette femme noire fantasmée qui ne fait rien
Qui n'est jamais méritante
Ne fait rien
Et si elle a de l'argent
C'est bizarre
Elle a arnaqué qui au juste ?

Tu verras chez nous on mange bien !

Parce qu'on est vivants
On a survécu à votre colonialisme

C'est aussi la femme pauvre que tu hais
Tu refuses d'être cette vache derrière son caddie

Les femmes prolos pour toi
Elles sont avec un paquet de chips devant la TV
Et elles mettent du coca dans le biberon du bébé
Elle est pauvre
Mais elle est grosse ?
Quand on est pauvres
On a la peau sur les os non ?

Tu verras chez nous on mange bien
Parce qu'on est vivants
On a survécu aux coupures des aides sociales
On survivra aux lois
Des dirigeants que vous élisez innocemment
En vous disant
Ça suffit maintenant
Y en a marre de
Ces putains de pauvres
Qui fraudent à la CAF
Ces putains de chômeurs
Qui refusent de travailler

Kamila-Alice Volsteadt

Du privilège de choisir la faim
Elle n’est pas subie
Elle est choisie pour toi
Alors tu vois
Moi je mange pour toutes les personnes

Que tes dirigeants ont affamées
Je rattrape pour eux
Je viens chez toi
Et je n’ai aucune gêne
Je vide ton placard
Je dévalise ton frigo
Avec mes mains sales
(Elles le sont forcément)
Et bruyamment
La bouche ouverte
Regarde
Regarde
Regarde
Tu vois cette nourriture dans ma bouche ?
Tu vas pas me la voler !

Vortex Propaganda

Je suis grosse
Et tu ne pourras pas me voler cela
Tu ne chercheras jamais à être comme moi
Je suis incolonisable
Je suis forte
Je suis bien trop grosse pour
Qu’on puisse tenter de me kidnapper
Je suis un fort de fierté
Que personne ne tentera de se réapproprier

La seule grosseur officiellement autorisée
Sans cesse célébrée
C’est la grossesse
On est belles en étant grosses qu’en portant la vie

Ça arrive d'avoir le ventre gonflé
Ça arrive à tout le monde de pas bien digérer un truc
De sortir de table
Une fois de plus
Le ventre prêt à éclater
Et lorsque tu es l’heureuse porteuse d’un utérus

On a vite fait de pousser la comparaison

C'est pour quand ?

Non Madame
Il n'y a pas d'enfant dans ce ventre
Mais un cheeseburger
Des frites avec du cheddar dessus
Un burger qui vient de sortir et qui ne reviendra pas
Des nuggets garantis 100% yeux de poussins
Un double cheeseburger
Des mozzas sticks
Un burger avec un cordon bleu parce que
Pourquoi pas après tout on est post-moderne
Des wings d'oiseaux n'ayant jamais pu ouvrir leurs
ailes
Un triple cheeseburger
Et un sundae cookie brownie cacahuète fraise tagada
Liberté
Égalité
Cheeseburger

Et Madame
Croyez-moi
L'accouchement ne sera pas le plus beau jour de ma
vie
Ce ne sera pas une fête
Même si
Et croyez-le ou non
J'ai le sens de la fête

D'ailleurs
Moi je trouve que
Les gens n'ont plus le sens de la fête
Les gens n'aiment pas toujours Noël
Surtout en vieillissant
C'est souvent même
Les contraintes familiales
La plupart du temps
C'est souvent ça
Souvent les gens se plaignent de devoir faire Noël

Moi j'adore Noël

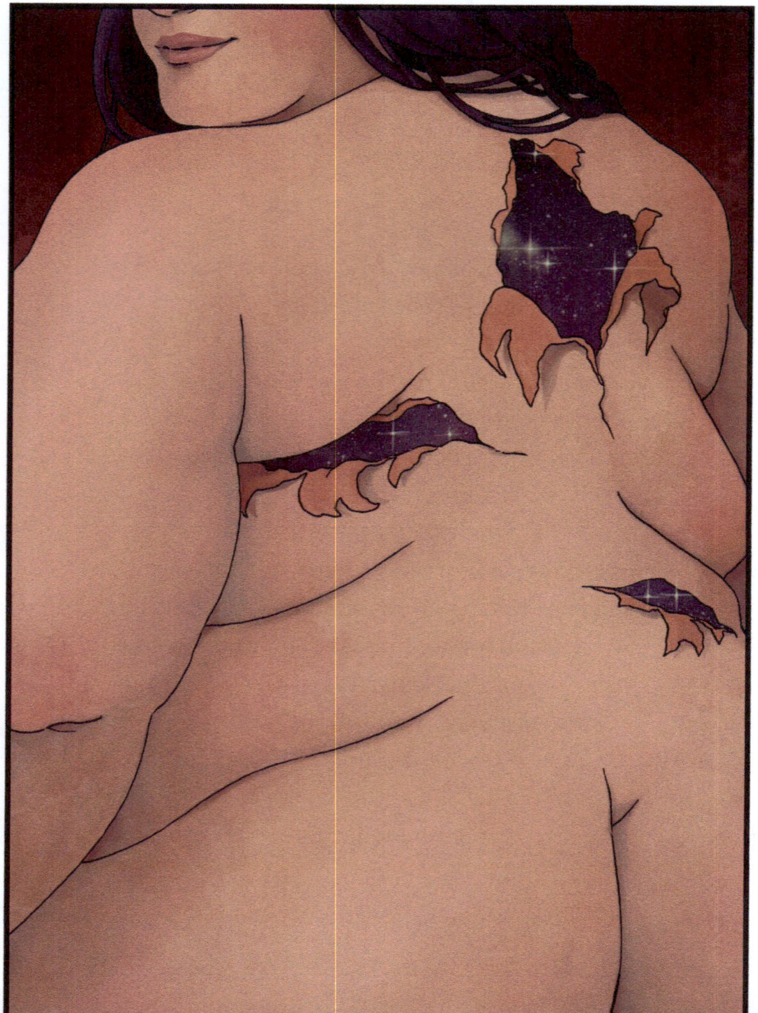

Vortex Propaganda

Pas pour les cadeaux
Pas pour l'ambiance
Pas pour la décoration
Pas pour la famille
Non
Parce que c'est autorisé
Presque la règle
Limite obligatoire
C'est un rituel
Ça fait partie du truc
De se faire péter la panse

Je suis prête à endurer toute remarque
Tout conflit
Pour ravager le repas de Noël
Ce n'est pas une entrée
Pas deux entrées
Mais bien trois entrées
Et parfois si j'ai de la chance
Il y en a même une quatrième

Le plat
Parfois même les plats ?
C'est incroyable
Existe-t-il un autre moment de l'année comme ça ?
Aucun.

Ah on mange tout,
moi je veux pas de restes pendant trois jours.

J'exige de manger
Au point de me rouler sous la table
Au point de me demander si je ne vais pas tout vomir
Parce que c'est la seule limite
La décence ne sera jamais une limite pour moi
Je veux manger à en crever
Je veux saturer les urgences
Moi aussi je veux participer à cela
Je veux faire partie de ces personnes dont on parle
aux infos

Et le lendemain
On continuera
La même chose
Mais en gueule de bois
Et donc en plus risqué
La possibilité de vomir est encore plus forte
Ce n'est même pas une éventualité
Mais une plausibilité
All I want for Christmas is la bûche
Je tiendrai jusqu'au bout pour vivre ce zénith de la soirée
Et pour cela
Je suis prête à vomir
Pour retourner manger ensuite
Je n'ai aucune limite
Je suis un animal
Je suis prête à me battre pour obtenir la dernière
patate du plat
J'ai pas peur de coller mon poing dans la gueule de
quelqu'un
Je le répète
Je n'ai pas de limite

Kamila-Alice Volsteadt

À Noël : je n'ai aucune décence
J'abandonne toute velléité politique
Le tonton raciste a intérêt à bien se tenir
Je te pardonne tout
Sors tes saloperies
Mais laisse-moi la dernière patate

Le pire étant que
Je n'ai même pas le droit à cela pour mon anniversaire
Je ne sais pas pourquoi
La goinfrerie collective est moins de mise
On essaie d'être généreux
Et de bien se comporter
On célèbre la personne
C'est du concret
Mais moi
Pourquoi on ne m'autorise pas à m'exploser la panse ?
Vous me voulez digne et fière
Le voilà le problème
La personne qu'on honore doit être honorable

Vortex Propaganda

Promis ma belle
Un jour
À ton anniversaire
Tu auras le gâteau pour toi toute seule
Tu pourras le dévorer avec les mains
En déversant toutes les larmes de ton corps
Parce que c'est là que tu es toi
Authentique
Pure

Je veux pouvoir ravager mon gâteau devant vos yeux
Ah c'est bien elle que vous célébrez
La truie ravageuse

Célébrez-moi mais sans chichi
Célébrez-moi de manière honnête
Célébrez-moi en acceptant tout de moi
Mais ce n'est pas possible
Parce que ce n'est
Et ce ne sera jamais
Moi

Que vous célébrez chaque année
C'est une fiction intime
Différente chez chacun de vous
Une version idéalisée
Propre
Respectable
All I want for my birthday is le gâteau

Jamais personne n'accédera à moi
Je me cache
Je me planque
Je mange pour construire une citadelle
Si tu veux pouvoir entrer
Il faudra t'asseoir à ma table

Et abandonner toute vile humanité
Laisser la civilisation sur le pas de l'entrée
Afin de te joindre au festin
Nous célébrerons l'animalité
La trivialité d'être toujours vivant
Et surtout la mort
Nous célébrerons l'entropie
En devenant des trous noirs
Ensemble, nous allons aspirer
À la destruction de ce monde
En scandant

« VORTEX PROPAGANDA »

l'embrouillonnement

Le body positive

Kenza : Je pense que c'est complètement possible de voir la gourmandise de manière positive, notamment à travers les contenus body positive qu'on voit de plus en plus, ce que je trouve être une bonne chose. Ça permet de déculpabiliser.

Anselme : Mais ça peut aussi, surtout sur les réseaux, créer l'effet inverse, j'ai l'impression !

Kamila-Alice : Oui, je suis d'accord, je me sens souvent en décalage avec le body positivisme car il s'inscrit dans une féminité hégémonique. Ce sont des femmes fortes en chair, mais qui cherchent à demeurer dans un imaginaire de la délicatesse et de la fragilité. Je me sens plus proche d'un imaginaire queer très butch, où être une femme forte, c'est être une femme qui n'est pas fragile et délicate.

Kenza : Ça peut, c'est sûr, mais tout dépend de qui en parle et comment. Je pense que certaines personnes arrivent à en parler de manière décomplexée, pour justement enlever le poids du jugement. Après, c'est un travail collectif à effectuer.

Thibaut : Je suis totalement d'accord sur le fait que ça soit un travail collectif. On a énormément de biais (racisme, validisme, âgisme, homophobie, transphobie), et la grossophobie est vraiment très présente en France, souvent de manière invisible. Et je suis d'accord que ces influenceur·euses permettent de voir cette question d'un autre angle de vue… Ce sont d'ailleurs globalement des femmes qui représentent cette image body positive. Dans Drag Race France, le Pit crew était souvent incarné par des hommes blancs et minces… Et récemment, la production a choisi de faire apparaître aussi des personnes aux morphologies différentes, notamment un mannequin grande taille. La représentativité, ça fait beaucoup ! Cette question du body positive m'interroge toujours pas mal. Peut-être parce que c'est un concept qui vient des États-Unis et j'ai toujours peur qu'il soit renversé dans un autre sens...

Kamila-Alice : Je pense que ce qui est dérangeant, notamment avec le body positivisme, c'est qu'on tente toujours de s'inscrire dans une injonction à la beauté. Globalement, on ne remet pas en question cela, alors que c'est ok d'être laid·e. Moi, je le dis souvent, je ne suis pas une figurante très esthétique, je suis un être humain, et je revendique mon droit à la laideur. La vie, ce n'est pas une publicité.

Thibaut : J'avais l'idée un jour d'écrire un manifeste des moches, pour poser cette question de la norme. Peu sont celles·eux qui y répondent, et leurs vies ont l'air assez terribles : il faut faire du sport à outrance, se priver de manger... La beauté, ce n'est pas pour grand monde et ça cache souvent aussi des idéaux prolophobes. Les corps abimés par le monde du travail, par exemple, qu'est-ce qu'on en fait ? Ils n'existent pas. On ne veut pas les montrer. •

Et pour comprendre il faudra mordre

Mécistée Rhea

À toi,

Il paraît incroyable de se rappeler des premiers morceaux de vie, je sais. Je sais qu'on me dira que les souvenirs troubles ne sont pas réalité mais la tache pourpre et palpitante sur mon épaule me promet que je ne mens pas.

J'ai été jumeau et j'ai été jumelle.

J'ai été accolée avec l'Autre avant même que le monde ait eu sa trace sur moi, avant que mon corps ait su qui j'allais être, quels bouts de moi allaient avoir un genre, une odeur, un langage. Toustes deux dans les fluides, enroulé·es, deux êtres dans un ventre.

Avant d'être Seule j'ai été Avec. Et jamais je n'en ai perdu la marque, à tel point qu'aujourd'hui j'ai l'impression encore que mon nom est Ensemble. Plutôt qu'un autre. Plutôt que celui qu'on m'a confié parce qu'il fallait savoir ce que veut dire famille.

Je ne comprends pas comment on en vient à exister. Je n'arrive pas à croire aux chemins logiques que l'on m'explique. Je ne peux pas dire (et me croire) que les choses se sont faites parce qu'il y avait de l'amour, et qu'il y a eu de la chair, et que l'envie s'est faite créature, et qu'il faut accepter que c'est comme ça que les êtres grandissent et en viennent à parler.

Ce que je veux bien dire, en revanche, c'est que je sais le lien que le sang promet. Mieux que personne. Je l'ai vu depuis le ventre où je nichais. J'ai vu les rêves qu'il faisait naître, et je les ai fait taire parce qu'il m'en fallait plus encore.

Je ne me suis pas satisfaite d'un simulacre de compagnie. Ne saurais pas. Jamais.

J'ai vu les failles du côte à côte se dessiner, j'ai vu comme la solitude sait s'infiltrer entre les corps. Malgré le sang. Malgré les fluides. Malgré le fait d'avoir habité le même corps, et en avoir les embruns pour toujours, un peu sur les lèvres. J'ai su qu'il me faudrait être seule si j'acceptais d'être deux. Et ça, je n'ai pu que le refuser.

« Absorption », on dit. J'ai absorbé. J'ai choisi la fusion comme certains se promettent à d'autres dans une promesse d'à jamais. Mots prononcés devant l'autel comme les vieilles sorcelleries.

Moi, depuis la place que je m'étais faite entre des côtes, j'ai murmuré :

assimilation
consommation
digestion
disparition.

J'ai promis : tu vois, je te porte avec moi, dedans de moi. Je t'offre mes pas, mes mots, la salive entre mes bouchées, ceux que je touche et l'odeur du feu quand je m'en approche trop.

Dans le triste échange je ne te vole que le mensonge de liberté que serait la possibilité d'être seule. D'être entière. Tu seras moins qu'un et je serai ajoutée de toi.

Quand je me déshabille le soir, je fais tomber le tissu de mes épaules et dans le miroir je me rappelle qui la première j'ai dévorée.

Je t'en dirai d'autres,

À bientôt.

Anna

Œufs mimosas à la bourrache

1 Dans une casserole d'eau bouillante, déposer les œufs. Pour que tout ait lieu comme il faut, le faire œuf par œuf, sans se presser, à l'aide d'une cuillère. Il est trop simple pour les choses fragiles de se briser lorqu'elles se rencontrent. Laisser cuire une dizaine de minutes puis écailler les œufs et les laisser refroidir tout à fait. Les couper en deux, en retirer le jaune et réserver.

2 Préparer une mayonnaise. Dans un bol, à température ambiante, mélanger jaune d'œuf cru, pincée de sel, poivre et trait de vinaigre. Fouetter en incorporant l'huile neutre. Quand les ingrédients cesseront de lutter, ils deviendront mélange et le tout s'épaissira.

3 Blanchir les feuilles de bourrache jusqu'à ce qu'elles rétrécissent, puis les plonger dans l'eau froide pour figer leur état. Les hacher finement, accompagnées d'ail, ciboulette et persil.

4 Mélanger herbes, mayonnaise et jaunes d'œufs cuits. Presser d'une fourchette pour écraser, que les goûts se perdent entre les autres. Mettre le tout dans une poche à douille.

5 Garnir les œufs évidés. Redonner forme. Effacer l'individualité d'un geste. Faire comme si l'amalgame était la seule forme originelle.

6 Glisser une bouchée entre les lèvres. Déglutir.

À toi,

Elle a les cheveux blonds.

Boucles emmêlées dans lesquelles je passe ma main, tandis que ses yeux se ferment et que le poids de sa tête appuie sur ma cuisse.

Perdue dans la masse dorée, elle dort. Et je ne sais plus où regarder tellement j'ai l'impression d'assister à un spectacle, rare, précieux, interdit.

Sa peau respire, et de là où je suis je peux en sentir l'odeur. Celle de la sueur et de la caresse. Celle de la lessive de mes draps dans lesquels nous avons roulé. Celle de salive et sexe et langue.

Entre ses jambes j'apprends à goûter. Dans le creux de son cou, contre la courbe de son aisselle, juste au-dessus de son cul, j'apprends à goûter.

Et alors même que les souffles se sont calmés, qu'on en a fini de gémir, que j'ai ri un peu, parce qu'elle est étrange cette transe où l'on s'oublie. Alors que, pourtant, je ne suis pas rassasiée, j'ai au bout de mes sens une curiosité qu'il me reste à assouvir.

Je frôle son corps du bout de mon index, je vois sa paupière papillonner un peu, prisonnière de rêves qu'elle ne me racontera pas. Je me glisse tout contre, essaie d'épouser ses formes avec les miennes. Plus de peau parlant à plus de peau. J'essaie de ne rien voir, ne rien sentir qui ne soit pas elle. Et je pose ma bouche contre le tendre de son bras.

Ma langue est passée à contre-poil d'abord. Une fois, deux fois. S'est faite au relief curieux. Et pendant que mes dents plongeaient entre les couches, se dessinant un chemin sauvage sous l'épiderme, je pensais : je suis prête à découvrir tous tes recoins.

C'est une étrange chose que les enveloppes. Elles sont promises à être ouvertes.

J'apprendrais où elle est quand je ne la connais pas. Quelle teinte ont ses yeux lorsqu'ils ne me sont pas familiers.

Quand elle existe, il me semble qu'elle dépose une couche par-dessus le monde. Son goût donne saveur nouvelle à tout ce que, pourtant, je pourrais jurer connaître.

Les livres ne mentent pas sur l'amour.

Elle détient l'inconnu et le nouveau et, peut-être, il faut que je lui vole. Il me suffit d'un geste pour transformer nos cursives de l'après-midi en écritures profanes. Je brise le lien comme je brise le silence.

Je deviens la mauvaise bête. Je deviens dents.

C'est nouvelle transe, et nouvel oubli de soi. Moins drôle. Pas de rire. Ni le sien ni le mien. Seulement l'absurde qui fait irruption lorsqu'on essaie de plier les choses à nous appartenir.

Et c'est moi qui me surprends, qui me prends au dépourvu. Et c'est moi, finalement, que j'apprivoise. Dans chaque morceau arraché, je découvre mes traits. Quand le repas est fini, je me connais.

Je te souhaite d'autres journées,

À bientôt.

Anna

Côtes au beurre de lavande

1 Sortir le beurre du réfrigérateur une trentaine de minutes avant son utilisation. Il lui faut apprendre à être tendre avant que tout commence. Puis dans un saladier en travailler la consistance à la fourchette jusqu'à en faire une pommade. Incorporer les fleurs de lavande, petit à petit, et mélanger avec soin.

2 De ses mains, former un rouleau avec le beurre. Précieusement, pétrir. À satisfaction, réserver au frais.

3 Dans un four en position grill, placer les côtes badigeonnées d'huile. Les laisser griller trois à quatre minutes de chaque côté. Comme toujours, sel, poivre.

4 De la douceur des fleurs au sang brut qui suinte encore de la viande il y a sûrement une leçon à tirer. Une qui n'apparaîtra qu'entre les mâchoires, que l'on ne peut pas connaître sans détruire.

5 Placer sur chaque côte, une rondelle de beurre de lavande froid. Ne pas attendre que leur contact les abîme.

6 Glisser une bouchée entre les lèvres.
Déglutir.

À toi,

Ils peuplent les églises des villages. C'est là que je les rencontre. Ils sont vêtus d'uniformes centenaires, portent des textes sacrés et murmurent qu'il y a des règles à suivre et des choses à vénérer. Ils ont autour du cou des croix qui scintillent.

Ils me font douter.

Quand ils parlent, c'est comme si je ne savais plus sur quoi il faut miser, comment prendre le soleil, où me portent mes pas. Ils garantissent qu'il y a d'autres chemins pour comprendre. Et qu'à ceux-là il faudrait que je m'abandonne. Ici on saura où me glisser. Ici je trouve ma place, comme elle m'a attendue.

Du dernier, je regarde le visage.

Comme les autres sa peau se plisse sous l'effet du temps, de la fatigue et de la lumière. Des poils noirs tentent de reconquérir son menton, viennent installer rugosité là où une lame a voulu faire illusion de douceur. De toute évidence, il prend soin. Pour lui ou pour l'Autre, le grand, à qui il se serait offert.

Qui offre le joyau de la transcendance ? Qui dépose aux pieds de ceux-là le droit d'accéder à autre chose quand les autres, quand moi-même, nous perdons celui de s'affranchir du matériel ? Pourquoi je fais le monde mien par mes lèvres et le leur est alloué par les mots ? Est-ce que ça a moins de violence ?

Pendant des jours, je négocie. Je passe mon temps à chuchoter dans des chapelles. Je crois que je pourrais fuir, loin de ce que réclament les dents.

Mais je suis amas d'entrailles. Toujours été. Jamais ne se libère. Et le monde, boule gigantesque insondable, se fait connaître comme un boulet à mon pied.

Il doit me traverser. Lui, et le prêtre. Même providence.

D'accord pour me plier aux règles. Je ne suis pas enfant fou. Ce que j'ai de rebelle, je le possède malgré moi. Alors pourquoi pas les règles. Les pas qui en suivent d'autres. Les têtes baissées en humilité. Les anciens mots. Les nouvelles bouches. Je suis d'accord pour tout, et même de la petite croix je pourrais m'accommoder.

Mais si règles il y a, je veux les comprendre par l'intérieur. Je veux qu'elles me parcourent comme le fait l'instinct. Pas de livre, de notes de bas de page, de mauvais traducteur. S'il veut de moi, le sacré devra se passer d'intermédiaire.

Comme du reste, de lui je ferai repas. Et du prêtre dans sa robe.

Il n'y a que la chair qui ne mente pas, qui sache abandonner le politique, le pouvoir, l'envie et l'or. S'ils ont raison, si les promesses raisonnent, si les espoirs prennent feu, si les chants se font entendre, j'avale la lumière.

Parfois j'oublie que tu m'attends,

À bientôt.

Anna

Ragoût au balsamique

1 Préchauffer le four à 200 degrés. Peler carottes, oignons et ail, couper en morceaux égaux.

2 Dans une cocotte, faire chauffer et frémir un filet d'huile d'olive. Saisir la viande. Précieusement. Par portions. Environ 5 minutes chacune. Retirer, saler, poivrer et fariner.

3 Faire revenir environ 5 minutes carottes, oignons et ail. Ajouter le concentré de tomates, laisser mijoter un instant. Se laisser attraper du regard par les bulles, s'oublier dans leur rythme comme on s'oublie dans le ciel. Il y a une grâce dans leurs mouvements, je crois, et dans ce plat-là, il faut l'attraper. Mouiller avec le vinaigre balsamique et le vin, faire réduire de moitié.

4 Ajouter clous de girofle, feuilles de laurier et miel, verser bouillon et eau, porter à ébullition. Baisser le feu, remettre la viande avec le jus recueilli.

5 Ne pas penser que les hommes de foi se vexent d'un pareil traitement. Ils sont familiers des poussées cannibales. Ils sont montés sans relâche sur des estrades de bois pour parler du Christ comme d'un repas. Ils ont mis ont pris sa chair contre leurs dents. Ils ont laissé couler son sang dans leurs gosiers. Ils savent que ce qu'offre cette expérience rapproche du sacré et ils ne sauraient aujourd'hui mentir pour se dérober au sacrifice.

6 Accompagner de vin rouge et de pain pour satisfaire l'ironie.

7 Glisser une bouchée entre les lèvres. Déglutir.

À toi,

J'ai passé les grains à la frontière de mes dents. J'ai pensé : ce sera comme du café. J'ai pensé : exactement comme le marc qui reste au fond de mon évier le matin. La même saveur. La même texture. Je n'ai pas osé le faire de toutes mes mains, ou le visage collé au sol, dévorant, tu vois ? On passe des limites constamment, et pourtant il en est quelquefois qui nous arrêtent. Celle-ci, pour moi. Comme un doute.

Je lis Koltès dans le train et il raconte cette histoire d'une femme mangeant la terre à pleines poignées. « Pour refroidir. » Et je me demande si mon corps demande trop. Si lui et moi, nous ne sommes pas enfermés dans une éternelle négociation pour savoir qui prendra soin de l'autre.

Je suis perpétuellement à mon chevet. Et sous ma peau remue l'envie. Depuis des draps moites de sueur, dans la pénombre d'une chambre poussiéreuse, je vois mon doigt se lever et réclamer. Encore.

Et je suis à la fois la faim et la satiété. Celle qui réclame, celle qui nourrit. « Pour refroidir. » Comme un moyen de faire enfin taire ce qui tiraille. Comme une insulte au comestible. Manger de la terre c'est dire : il n'y a rien ici qui ne puisse passer par moi. Je veux dire : il n'y a rien que j'interdis à ma langue. Je dois dire : il n'y a rien que je me refuse. Cette bouche n'aura pas de limites. Tant que cette chair sera la mienne, elle sera vainqueur par derrière mes dents.

Tu savais que nos langues connaissent toutes les textures ? Je te vois, ne ris pas. C'est cette expérience de gosse, il te suffit de regarder un objet, une surface et ta langue saura imaginer ce qu'elle ressentirait à la toucher. C'est une forme de magie qui permet la possession. Toi et moi et les autres, nous avons dans la bouche un organe omniscient. Alors comment, à partir de là, être capable de s'interdire ?

Alors je reviens au sol. Comme si mes lectures m'avaient insufflé une promesse. Et comme pour vérifier si ma langue me ment.

Morceaux poudreux terres brisées particules. Ma salive s'y mélange et je me demande si je deviens argile. Si je deviens golem. Si je me fabrique de mes mains à chaque nouvelle bouchée. Ou s'il est plutôt histoire de contamination. Si la poussière et les fragments que je laisse lentement me tapisser l'intérieur ne sont qu'un signe de la reconquête du monde sur ce que j'ai eu l'audace d'un jour appeler mien. Mon corps. Mes fluides. Mes organes en travail constant. Et tout ce qui en moi est périssable.

J'avale, je déglutis, je tousse. Le monde se consomme, se digère. Est-ce qu'on aurait pu le deviner ? En cela, nous ne sommes pas si différents.

Tous. Aliments des autres. Bouches à dévorer qui deviennent bouches qui flétrissent et viennent retourner à la terre. Tous gigantesque pâte du monde et du vivant et du mort.

Qu'est-ce qui est moi et qu'est-ce qui m'est étranger et pourquoi ma forme et pourquoi la tienne et pourquoi ne les pense-t-on mêmes ?

J'ai compris hier que je ne pourrais pas faire la paix avec les choses immenses. Qu'il me serait absolument intolérable qu'elles ne m'acceptent pas parmi elles. Que j'ai été chose immense et qu'elles ont été choses minuscules et que la bascule n'a juste jamais cessé de tourner.

J'avale, je déglutis, je tousse. De longues traînées humides et obscures parcourent mes bras maintenant. Se prolongent en longues gouttes. Je pense à la mélasse. Je me dis : tout se ressemble. Est-ce que c'est une coïncidence ? Que tout, comme ça, soit fait pour se faire écho. Que le souvenir m'attende partout, tout le temps. Puisque chaque allée me rappelle. Chaque fleur, chaque rayon de soleil, chaque soirée trop pesante en évoque une autre. Chaque goût. Chaque goût. Chaque goût.

Peut-être que ma langue connaît ce qui m'entoure par avance parce que tout ce qui me fait moi est un jour allé partout.

Quand enfin je m'arrête, je respire. Je regarde le noir sous les ongles, profond. La laine de mon pull, tachée, souillée. Pas de miroir mais je sais que je suis lèvres griffées et regard fou. Mais je respire maintenant.

J'attends encore que tu me dises,

À bientôt.

Anna

Cuisse en croûte d'argile

1 Laver les carottes et les glisser dans une papillote de papier aluminium accompagnées d'un filet d'huile d'olive et saupoudrées de thé fumé et sel. La papillote refermée, la faire cuire une vingtaine de minutes au four à 190 degrés.

2 Mélanger le jus de viande à un trait de jus de citron et de sucre roux. Y laisser infuser une gousse d'ail, porter à ébullition et réserver.

3 Défaire la cuisse de son os méticuleusement. Assaisonner la viande et la marquer sur toutes ses faces. La ficeler de foin.

4 Humidifier l'argile, y faire entrer l'eau lentement. Voir sa couleur s'assombrir, son bloc devenir moins friable. Chercher sa texture au bon endroit, celui qui permet d'être malléable. C'est des mains que l'on fera le parfait écrin. Écraser la matière contre le plan de travail. En faire une couche uniforme de quelques millimètres d'épaisseur. Sur celle-ci, déposer la viande. Puis refermer autour.

5 Faire cuire l'argile une vingtaine de minutes au four à 170 degrés. Puis laisser reposer une vingtaine, encore.

6 Casser la coquille de terre, en extraire la viande. Taillée en tranches, l'accompagner des carottes et du jus.

7 Glisser une bouchée entre les lèvres.
Déglutir.

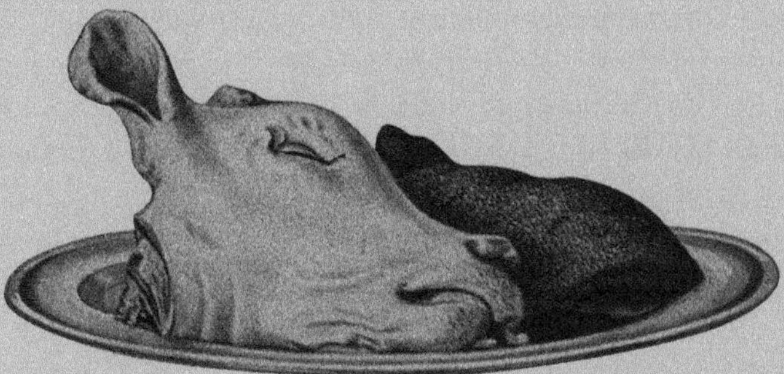

À toi,

Mon réveil sonne, une mélodie quelconque choisie par un autre que moi et qui marque depuis des années la fin de ma nuit.

Sans encore ouvrir les yeux, je peux sentir la pression de leurs petits corps contre le mien. De part et d'autre de mes jambes, mes chats somnolent. Ils font semblant de n'avoir rien entendu, comme si ça pouvait retarder le mouvement, ma sortie du lit, le déroulé de la journée. Dans le relief des couvertures, tous les trois, en train de quitter les limites du rêve.

C'est dans l'absence que j'ai trouvé mes alliés. Et il me semble que nous habitons tous les trois le même terrier. Que le sommeil nous y a réduits en boule et que tout du long nos cœurs ont battu liés aux autres. Respirations chargées de brouillard, trois créatures blotties dans une confiance où personne ne monte de garde.

Il me reste encore à comprendre comment donner ce qui est cher, transmettre.

Il y a d'autres moyens de faire festin. Depuis ma table étriquée où seule je continue d'engloutir, je vois maintenant que j'ai oublié de faire commun. D'un seul geste, je peux créer une communauté pourtant. Je peux réparer les torts. Savoir enfin quelle valeur il y a à s'offrir.

Je prends un bain. Je me laisse flotter, mes seins apparaissant à la surface entre la mousse et mes cheveux. À intervalles réguliers, j'ouvre le robinet et dans la tiédeur, l'eau chaude dessine son chemin. Fleuve sous-marin qui s'enroule autour de moi. Puis je frotte. Doucement d'abord, puis de plus en plus brutalement. J'affine le grain de ma peau par la force. Je polis la barrière en prévision de l'assaut. Comme pour dire : tout est prévu, c'est comme ça que ça doit finir.

Dans quelques jours, je changerai de forme, de nature, par le travail de leurs bouches.

C'est mon tour, c'est tout.

Tu trouveras ma clef dans l'enveloppe,

À bientôt.

Anna

Infusion de belladone

1 Cueillir des fleurs de belladone dans une forêt de montagne ou le long d'un mur en ruine.

2 15 millilitres de suc devraient suffire. Laisser les fleurs dans l'eau bouillante.

3 Laisser tiédir un peu.

4 Porter à ses lèvres.
Déglutir.

Expérience

Tatiana Besser

Illustrations Julien Sformes

Dans une petite pièce sombre sans fenêtres mais tapissée de rideaux en velours de vin.

Autour d'une grande table avec sept chaises.

Un homme.

On se demande si c'est une scène, si les rideaux vont s'ouvrir devant un public consterné, si quelqu'un va cesser de se taire, si quelqu'un va ouvrir les yeux, décoller du tympan tout le cérumen.

Un homme : le crâne qui pèle doucement, rougit amoureusement sous l'eczéma qui pleure, une écharpe de peau ridée et rejetée avec désinvolture autour du cou, torse lézardé des souvenirs de l'assiette, coudes en rouages et mains d'os qui se saisissent, dans la misère, de tout ce qui subsiste encore. Il est assis.

Au centre de la grande table. Parfaitement seul.

Alors que le visage est penché dans la pénombre, parallèle à la table (qui semble lui susurrer les mots envoûtants des sirènes), on se demande ce qu'il fait.

— J'écris.

Sa voix grasse secoue les rideaux. Elle est lourde d'histoires et de silences. Elle habite le corps mais on se demande où elle se loge vraiment. Il n'y a presque pas de place entre la peau et les muscles, à peine un centimètre dans les interstices, des pores avares et bouchés, des os. C'est une voix qui vient des siècles d'avant, qui s'échappe des tombes en ruines.

Ses pieds sont ancrés fermement dans le parquet. Il bouge à peine. Ses respirations dissèquent l'air ambiant. On se demande à quoi il pense.

— À tout ce que j'ai fait. C'est pour ça que j'écris. À chaque fois c'est pareil.

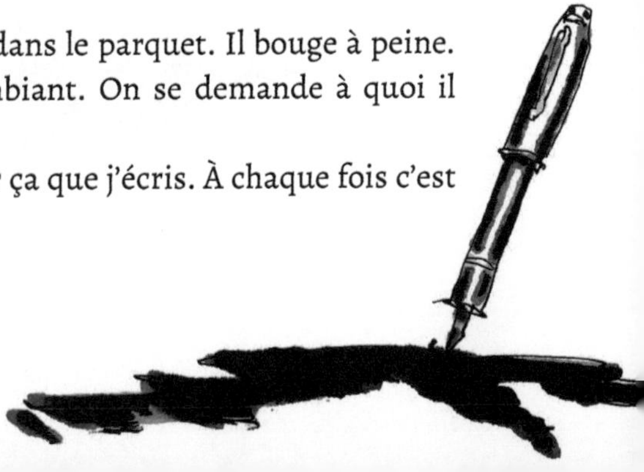

Son crayon s'enfonce si fort dans le papier qu'il grave la table, remplit les fissures d'une encre noire et coupable. C'est son dernier roman.

Il dit que c'est son dernier roman parce qu'il ne veut plus en écrire d'autres mais

— À chaque fois c'est pareil.

Et il en écrit un autre.

Toujours sur la même table, toujours avec la même force, les mêmes gravures et les mêmes larmes. On se demande ce qu'il écrit — il cache les pages avec son avant-bras, on distingue quelques phrases :

17 : 09 12/12 Je ne ferai pas de liste de ce qui entre en moi. Tout est trop vulgaire. La dissection du corps m'intéresse au-delà des mots. La quantité me fascine, les déjections m'excitent. Les entrées et les sorties. La gourmandise et le dégoût.

J'aimerais écrire la viscosité du plaisir coupable et sucré, la sauce marron qui se glisse entre les dents et dégouline lentement de l'œsophage à l'estomac, se baigne dans les acides du corps. Parfois elle remonte, fait le chemin inverse pour inviter l'émail à s'éroder dans la danse. Elle est tout de suite renfoncée à l'intérieur du corps par une bouchée d'un foie gras adorable, une gorgée d'alcool, une autre part de gâteau, un biscuit, une viande, un fromage. Ce remplissage de plaisir dure des heures. Jusqu'à épuisement des mains et de la bouche, du cœur, du ventre.

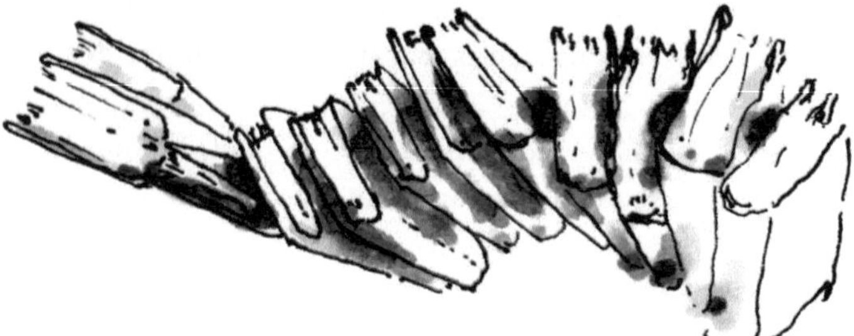

Les gouttelettes de transpiration s'amoncellent sur le front nu. La respiration saccadée d'une dernière bouchée avant la fin du monde. Mais.

Ce n'est jamais la fin du monde. On recommencera demain.

Et puis ce n'est pas si grave : le péché de l'enfant, le mignon.

Quelque chose s'agite derrière les rideaux. Comme une fourrure qui se froisse, le bruit du velours contre lui-même lui hérisse le poil, coupe son élan d'écriture. Il lève la tête. C'est sa fille.

— J'écris sur nous.

— Sur nous ?

— ...

— Je t'ai apporté une assiette de cake.

— C'est bien. Parce que je ne sais plus quoi écrire.

Les pieds de la fille effleurent doucement le parquet. Elle chuchote son allée jusqu'à l'homme. Il fait toujours sombre. Elle pose l'assiette en céramique sur la table. Il y a neuf morceaux de cake — tous dégoulinants de sauces et de sucre, tous différents.

— Vas-y, je ne regarderai pas.

Et elle s'en va comme elle est venue — une courte apparition sur la scène, dans les expériences de l'homme. Il lui faut quelques minutes pour retrouver sa concentration. Il fixe le plat avec un mélange d'envie et de culpabilité anticipée : le couple associé à la gourmandise.

Les neuf gâteaux, le gouffre de l'estomac qui n'attend que d'être rempli, l'envie au-delà de la raison. Il saisit son stylo.

17 : 14 12/12 Je les ai mis devant moi. Ils sont neuf. 1 kilogramme 436 grammes et ce n'est pas la faim qui me pousse à les vouloir.

Au bout de quatre jours dans le noir à ne manger que par envie, il résiste encore le désir malgré le dégoût. Je sens déjà les morceaux de cake frotter contre mon palais, exciter mes papilles, la langue qui râpe, le sucre et les dents qui s'usent contre l'éponge du gâteau, plongent dans sa chair tendre.

Ils sont neuf et ils glisseront dans mon sang, feront craquer mes

articulations, feront battre mon cœur.

Une tachycardie de la gloutonnerie morbide. L'expérience de l'excès.

Ils sont neuf et je les veux. Encore.

La bouche salive avant même le contact et la gorge se déploie comme une paire de bras qui réceptionnerait un enfant, tout le corps se dilate pour entrer en contact, pour accueillir.

Malgré le colon qui se contracte, l'estomac qui crampe et le cerveau qui raisonne, la couleur et l'odeur du saccharose se lancent à l'assaut du cerveau.

Le vin est toujours dans le verre et l'ivresse ne fait pas passer l'envie.

Il n'y a plus de couverts sur la table depuis deux jours.

L'homme n'est pas habillé pour la guerre : sa chemise blanche est boutonnée jusqu'en haut et le col est parfaitement repassé, la peau du cou est fripée, contenue dans le tissu. Les bras maigres enveloppés dans les manches. Les cuisses sont enfermées dans un pantalon noir, un peu large. Il n'a pas d'armure, il n'affronte rien ni personne parce qu'il sait qu'il est déjà vainqueur de sa propre expérience.

La fille de l'homme est revenue discrètement sur la scène. Elle s'est assise en tailleur et le regarde écrire. Elle le connaît bien. Elle le connaît depuis toujours.

— Quand est ce qu'on arrête ?

— Quand je ne pourrai plus.

— Tu pourras toujours je crois.

— Plus les jours passent plus je le pense aussi.

— Alors on n'arrêtera pas ?

— Je ne sais pas.

— Comment tu te sens ? Tu ne me parles plus depuis ce matin.

— Coupable.

— Pourquoi ?
— Parce que je me laisse me noyer dans le plaisir.
— Le plaisir c'est bien.
— Je n'en ai pas besoin d'autant.
— Tu veux que je t'apporte…
— Oui.

L'homme n'a toujours pas touché aux gâteaux. Alors il se saisit du premier et l'enfonce pêle-mêle dans sa gorge — avec plaisir, avec gourmandise, avec un bonheur difficile. La fille est partie. Il est seul et prend une seconde bouchée, il est toujours seul et en prend une troisième.

Il rit aux éclats.

— Mais comme c'est bon !

Il rit plus fort encore. La bouche pleine. Les miettes s'échappent d'entre les lèvres rosées, s'écrasent sur la surface salie de la table noire. Il fait toujours sombre. Il est toujours seul.

Et il n'y a, dans cette pièce, que des odeurs qui s'entremêlent et des effluves qui le traversent. Il faut croire que ça lui suffit.

La fille entend les rires de l'homme, elle accourt. Ses mains frêles sont jointes et renferment, en leur cœur humide, un tout petit objet métallique et compliqué, emmêlé dans ses doigts recroquevillés. C'est un chapelet qu'elle a fait elle-même avec des perles et du fer. Elle agite ses paumes sans dévoiler leur contenu. Elle regarde l'homme. Il cesse de rire.

— Je le mets où ?
— Garde-le pour l'instant.
— Je ne veux pas le garder longtemps.
— Juste quelques minutes de plus.
— C'était si bien avant que tu n'entres encore.
— Qu'est-ce qui se passait avant que je n'entre ?
— Le plaisir.
— Veux-tu que je parte ?

— Non.

— ...

— Donne-le-moi.

— Tu es sûr ?

— Donne-le-moi.

La petite fille s'avance jusqu'à la table, jusqu'à l'homme qui y trône en son centre. Il ne la regarde jamais. Il sait simplement quand elle est là. Elle tire la chaise d'à côté. Les pieds raclent le parquet. Ni l'homme ni la fille ne se plaignent du bruit.

Elle s'assoit et ses pieds à elle ne touchent pas le sol. Elle balance ses jambes. Ses mains sont toujours jointes.

L'homme mâche lentement et sans arrêt. Attrapé dans la machine du plaisir. Les yeux sont ailleurs que dans le crâne. La bouche n'a plus sa raison.

La fille attend les mots de l'homme — elle n'a pas peur de la scène monstrueuse, de l'apparente folie, de l'expérience, de ses conséquences. Elle attend. Ses cheveux blonds tombent en cascade sur ses jolies épaules, ses pieds battent encore le vent, sa robe à fleurs sourit aussi.

— J'aimerais un morceau.

— Non.

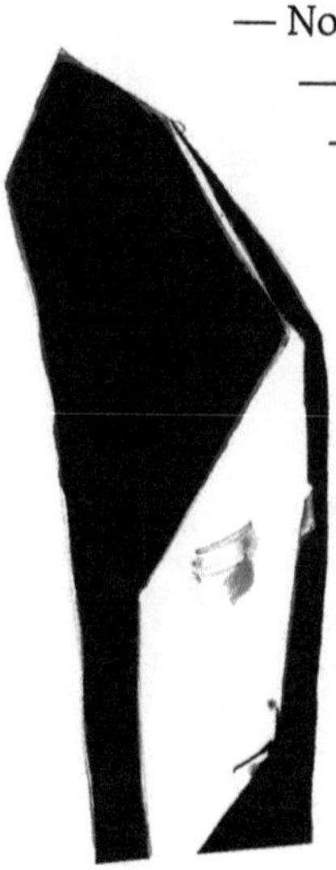

— Juste un tout petit...

— Non.

— Tu veux finir comme moi ?

— ...

— Donne-le-moi. Maintenant.

La fillette entrouvre les mains et glisse l'objet dans la paume de l'homme. Il ferme les yeux, réceptionne l'objet. Une part de gâteau dans une main, le chapelet dans l'autre, il récite silencieusement. Mâche encore aussi.

C'est dégueulasse. Il reste deux jours à tenir. On se demande pourquoi six jours de cette torture du plaisir.

— Comme la création du monde.

Expérience

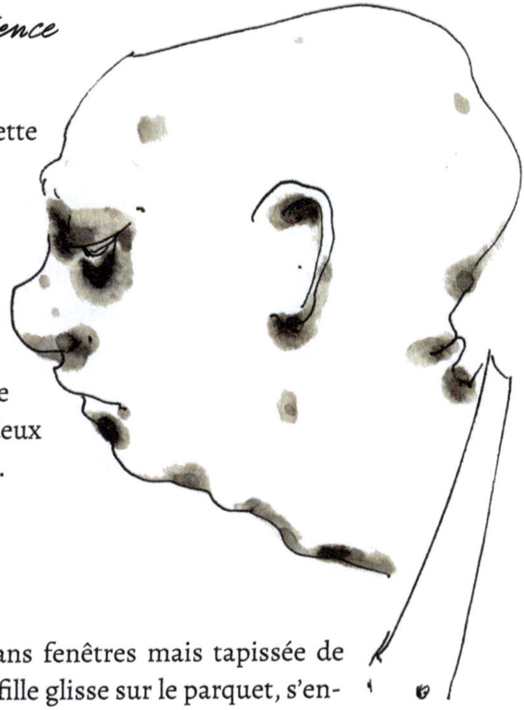

On se demande pourquoi cette expérience.

— Tu écris ce que je te dis.

17 : 52 12/12 Le plaisir ne s'arrête vraiment jamais et c'est sans doute pour cela qu'il est supportable de rester dans cette pièce sombre aussi longtemps. Je dors deux fois par jour. La nuit et l'après-midi.

— Laisse-moi. Reviens demain.

— …

— Va-t'en.

Dans une petite pièce sombre sans fenêtres mais tapissée de rideaux en velours de vin. La petite fille glisse sur le parquet, s'enfonce dans les drapés, les odeurs de nourriture.

Avant que son corps soit entièrement enseveli par les rideaux, elle se retourne.

— Tu veux savoir quelle heure il est ?

— …

— Combien de temps il te reste ?

— …

— Si tu vas y arriver ?

— Comment tu sais si je vais y arriver ou pas ?

— Je ne sais pas, je le sens, c'est tout.

— Si tu me dis, ça ne vaudra pas la peine de continuer.

— Pour qui tu fais ça ?

— Pour personne. Parce qu'il faut.

— Jusqu'où tu vas aller ?

— Jusqu'à la fin de moi.

— Mais pourquoi tu fais ça ?

18 : 02 12/12 J'écris ce dont je me rappellerai toute ma vie, les reliques des obsessions :

Vous mangerez la chair de vos fils, et vous mangerez la chair de vos filles.

Je détruirai vos hauts lieux, j'abattrai vos statues consacrées au soleil, je mettrai vos cadavres sur les cadavres de vos idoles.

Vous mangerez, vous mangerez, vous mangerez, vous mangerez.

Dans une petite pièce sombre sans fenêtres mais tapissée de rideaux en velours de vin, l'homme a fini son assiette. Il regarde sa fille.

Alors qu'elle était sur le point de partir pour la nuit, elle décide de se rapprocher pour l'embrasser — tendrement. Comme si les yeux de son père aimantaient ses pieds frêles.

Ils glissent silencieusement sur le parquet parsemé de miettes de gâteaux.

Une main maintenant posée sur l'épaule de l'homme, elle se rapproche doucement de sa joue transpirante et rouge.

Ses petites lèvres d'enfant caressent la peau de l'homme qui lui saisit le cou et la hanche. La forçant à se coller à son épiderme, il dirige le corps menu de sa fille vers ses lèvres à lui. Vers ses dents et sa gorge déployée.

Sa trachée se dilate, il inspire. Lentement.

Les longs cheveux blonds s'enroulent autour de sa glotte. Il déglutit.

La petite fille ne crie pas. Sa tête est posée sur la langue de son père qui n'ose pas encore refermer les mâchoires.

Il inspire. Lentement.

Les dents s'enfoncent dans le crâne de la petite fille, perforent les os, les yeux éclatent. Tout craque.

Il mâche.

Il avale.

Il reste le cou qu'il déglutit aisément. Les bras qu'il écrase contre le thorax pour que la trachée puisse les accueillir — les petites hanches, les cuisses les jambes, les pieds.

Expérience

Le corps coule dans le sien, s'établit dans l'estomac.
Il n'y aura pas de gâteaux demain. Il n'y aura personne demain.
— Parce que c'est écrit.

l'embrouillonnement

Le politique

Est-ce que pour vous la gourmandise est politique ? Au premier regard, ce n'est pas forcément facile à relier.

Kamila-Alice : Il y a une question coloniale très forte dans le rapport à la gourmandise. De fait, de nombreux produits de luxe et qui ont été associés à des aliments goûtus étaient des produits issus des colonies. Et c'est quelque chose qu'on retrouve aujourd'hui mine de rien, parce que nous sommes passé·es à une ère néocoloniale où on exploite le Sud global.

Kenza : Il y a un lien avec le capitalisme et les sociétés occidentales. On y dit que l'esclavage est aboli mais n'est-ce pas une forme d'aliénation que de profiter de travailleurs saisonniers souvent sans-papiers, payés une misère, pour avoir des tomates toute l'année à moindre prix ?

Thibaut : C'est vrai qu'on se rend compte qu'on a une part de responsabilité, et que manger n'est pas un acte innocent. Il comprend une chaîne plus ou moins longue d'humain·es qui permettent à ce produit d'exister. On échappe jamais au politique et à la société dans laquelle on vit.

Kamila-Alice : Il est urgent de repolitiser la question de l'alimentation. Nous avons été traversé·es dernièrement par la crise des agriculteur·ices et cela a été un objet de débat très fort au cours des élections européennes, puis au cours des législatives anticipées. Nous exploitons les travailleur·euses agricoles en continuant à consommer certains produits. L'agriculture paysanne se raréfie en France, les fermes disparaissent pour être avalées par des grandes exploitations… Pour moi, la question d'un capitalisme vorace est au centre. L'agro-industrie est un ogre.

Mais alors, est-ce aujourd'hui possible d'être gourmand·e, sans entrer dans une dynamique de surconsommation ? La gourmandise, d'une certaine manière, c'est manger lorsque l'on n'a plus faim.

Adil : J'ai l'impression que la gourmandise reste assez inconsciente. Ça devient une dynamique qui nous semble naturelle alors qu'elle ne l'est effectivement pas (surtout quand on songe à l'accumulation). On est tous·tes un peu victimes, selon nos situations, de certains désirs excessifs (sexuels, alimentaires, politiques) que l'on n'arrive pas forcément à maîtriser.

Thibaut : Et pourtant, beaucoup de choses nous poussent aujourd'hui à être conscient·es de ce qu'on fait (travail psy, analyse politique du monde). Pour moi, la gourmandise reste quand même quelque chose d'assez concret et conscient. Mais est-ce qu'on en voit les impacts ? Je ne suis pas sûr. Et concernant la dynamique de surconsommation, peut-être qu'il y a d'autres chemins à emprunter, comme le dit Kamila-Alice, et qu'on peut trouver d'autres manières de voir la gourmandise : une gourmandise heureuse, joyeuse aussi. Dès que je pense à la gourmandise, j'imagine quelqu'un qui mange beaucoup, mais aussi avec un grand sourire sur le visage...

Kamila-Alice : Oui je pense qu'on peut réapprendre la gourmandise par ce qu'on appelle la simplicité volontaire. Les fruits et les légumes ont clairement un autre goût lorsqu'on a participé à les faire pousser. On sait le travail que cela a nécessité. On se délecte de chaque fruit. Je suis pour réapprendre à apprécier les choses de manière simple. Je pense qu'il y a un enjeu fort à proposer des imaginaires autres que ceux imposés par l'industrie agroalimentaire. Globalement, c'est une idée fausse à combattre que la sobriété serait punitive. Elle ne doit pas être subie, nous devons tous·tes pouvoir manger à notre faim une nourriture de qualité, ainsi il faut embrasser une sobriété heureuse. Je sais que j'ai totalement réappris à manger en m'éduquant à l'alimentation végétarienne. C'est un bienfait je trouve de savoir qu'on a une alimentation qui ne contribue pas à détériorer davantage le vivant, et de ne pas engendrer de la souffrance animale. •

Le ventre
de Lolita
Thibaut Galis

À Alizée, à Lorie, à Priscilla,
et à toutes les Lolitas que j'ai admirées.

Personnages :

LA MÈRE

LOLITA

L'ASSISTANTE

LA MAQUILLEUSE

LA COSTUMIÈRE

LE RÉAL'

LE CHEF OP'

LE FIGURANT

L'ASSISTANT DU RÉAL'

ELISA (FIGURANTE 1)

NINA (FIGURANTE 2)

LE CHAUFFEUR

LA FOULE

Années 2000 en France.
Un plateau de tournage : un réalisateur, un chef opérateur, une scripte, une éclairagiste, un sondier, des assistant·es, des maquilleuses, des costumières, des figurant·es.
Et surtout Lolita.

Piste 1 – Moi...Lolita

Dans la salle à manger.

La mère : Faut que tu manges, mon cœur.

Lolita : J'ai mal au bide.

La mère : T'as une longue journée qui t'attend !

Lolita : J'y arrive pas.

La mère : Je sais que ça te fait peur, ma chérie . Mais c'est une super opportunité qu'il t'a offerte. Si on m'avait dit à ton âge que j'allais enregistrer un tube, puis un album et même tourner un clip, je me serais pincée pour me réveiller !

Lolita : Je sais.

La mère : Tu te rends compte, on va te voir à la télé.

Lolita : Si ça se trouve, je serais pas belle.

La mère : Mais qu'est-ce que tu racontes ? T'es la plus belle fille du monde.

Lolita : Tu dis ça juste parce que t'es ma mère.

La mère : S'ils t'ont rappelée, c'est qu'ils ont vu que tu avais quelque chose.

Lolita : T'es sûre ?

La mère : Je le sais, mon amour. Allez, va te préparer, ton chauffeur va arriver dans cinq minutes.

Devant le buffet.

L'assistante : Tu en es à ta combientième assiette ?

Lolita : Deuxième.

L'assistante : Pas plutôt troisième ?

Lolita : Je sais plus.

L'assistante : Lolita, j'ai besoin de savoir.

Lolita : J'ai pas compté.

L'assistante : C'est ça le problème.

Lolita : J'aime trop tout ce qu'il y a. C'est comme aux fêtes de famille :

le poulet-mayo', la Piémontaise, le pâté avec la croûte toute chaude, les crudités sauce vinaigrette...

L'assistante : Tu te rappelles ce qu'il t'a dit ?

Lolita : Je suis en pleine croissance. C'est normal si je mange beaucoup.

L'assistante : Je sais, Lolita. C'est pas ça. C'est pour lui que je dis ça. Faut pas qu'il te voie.

Lolita : Il fera quoi, sinon ?

L'assistante : Tu veux pas le voir en colère, crois-moi.

Dans la loge.

La maquilleuse : T'es toute mignonne, toi.

Lolita : Merci madame.

La maquilleuse : Tu peux m'appeler Christelle.

Lolita : Merci.

La maquilleuse : Je peux te dire un truc ? Un secret ! J'écoute ta chanson en boucle depuis qu'elle est sortie. Je la chante partout. Ça te gêne si je la mets ?

Lolita : Aucun souci.

Elle lance la chanson.

La maquilleuse : Je peux avoir un autographe de ta part ?

Lolita : Oui, oui, avec plaisir.

La maquilleuse : C'est pour ma fille. Elle a ton âge. Elle t'adore.

Lolita : Elle s'appelle comment ?

La maquilleuse : Nina.

Lolita signe un bout de papier. La maquilleuse monte le volume. Elle chante à tue-tête. La maquilleuse chante faux.

La maquilleuse : Moi, je m'appelle Lolita, Lolita...
Collégienne au bas bleu de méthylène...

L'assistante : Christelle, s'il te plaît. Du calme. Il faut qu'elle se concentre.

Lolita : C'est rien.

L'assistante : Te mêle pas de ça, toi. Allez, viens faire ton essayage.

Lolita s'approche de la costumière.

La costumière : Voilà ce que je t'ai trouvé, Lolita. Enfile ça et je vais faire les retouches !

Lolita enfile le costume.

Lolita : Ça me serre vachement.

La costumière : Hum...

Lolita : J'ai seize ans moi, je mets du XS comme les femmes.

La costumière : Hum...

Lolita : Je vous jure je vais faire un malaise si je reste toute la journée dedans.

La costumière : Hum...

Lolita : Les boutons sont prêts à exploser.

La costumière : Qu'est-ce que tu as encore fait, Lolita ?

Lolita : Rien.

L'assistante : Qu'est-ce qu'on t'a dit quand on a fait les essayages l'autre jour ?

Lolita : Je vous jure.

La costumière : Faut que tu fasses attention à ce que tu manges.

Lolita : J'ai pas mangé ce matin.

L'assistante : Tu sais que tu as la tournée dans un mois. Il faut que tu sois aussi mince que dans le clip. Le public veut la Lolita qu'il connaît.

La costumière : T'as de la chance que j'en ai une en rab, juste la taille au-dessus.

Piste 2 – Gourmandises

Sur le set de tournage.

Le réal' : LO-LI-TA !!!!

Lolita : Bon-

Le réal' : Ma petite chérie. Bien arrivée ?

Lolita : Ou-

Le réal' : Ton assistante a pris soin de toi ? Tu as vu comment t'es reçue ici ? Tu as pu ouvrir mon petit cadeau ? Ça t'a plu ? Oh, ça me fait plaisir de te voir. Comme tu es belle. Aujourd'hui, c'est un grand jour, tu le sais. Je te montre l'équipe avec qui on va travailler ces trois jours : le chef op', la scripte, l'éclairagiste, le sondier... Et puis, tout le reste.

Lolita : Bonjour.

Le réal' : Par là, mon cœur. Tu sais ce qu'on fait cet après-midi ? On commence par les plans rapprochés. Tu te rappelles ? Regarde le storyboard. On va mettre des plans de ta bouche, de tes jambes, de tes mains, de tes yeux entre les plans où tu seras avec tes amies en train de pique-niquer. On t'a apporté des cerises, des pastèques, des fraises, des kiwis, des prunes, des figues, des Chamallows, des dragibus, des gâteaux à la fraise, à la framboise, des sucreries, des boissons aromatisées. Tu pourras manger tout ce que tu veux une fois qu'on aura commencé à tourner.

Lolita : J'ai déjà mangé.

Le réal' : Ce midi ?

Lolita : Je veux dire, j'ai pas mangé grand-chose.

Silence.

Lolita : Une banane et un peu de poulet.

Le réal' : Ça devrait aller alors. T'inquiète pas, mon petit moineau. Tu vas te mettre ici. Assieds-toi. Les jambes, plutôt sur le côté. Parfait. Ça dit quoi sur le plan ?

Le chef op' : Un peu plus allongée, ça sera parfait.

Le réal' : Pas comme ça. Tu fais trop petite fille sage. Comme une vraie femme. Très bien. On va commencer à faire les premiers plans. C'est très simple. Tu manges. Mais pas comme tu manges chez toi ni avec tes copines à l'école. Je veux que tu nous regardes droit dans les yeux. Et que tu aies l'air d'aimer ça. Comme si tu goûtais tout pour la première fois. Et que ça te donnait envie d'en manger, manger, manger encore plus. C'est clair ?

Lolita : Euh, oui. Je crois.

Le réal' : On fait un premier test ? Tu seras très bien, t'inquiète pas ma poulette. Allez, en place. Tout le monde est prêt ?

Le chef op' : Ça tourne.

Le réal' : Et… action !

La musique se lance. Lolita commence à manger délicatement une cerise. Elle crache le noyau par terre.

Le réal' : Coupez ! Lolita, tu peux pas faire ça. Quand on est distinguée, on prend délicatement son noyau de la bouche et on le dépose dans une petite corbeille. Et puis ton regard, c'est quoi ? T'es là ? Ouhouh ! Lolita. Je veux de la vie, des sentiments, de l'émotion dans le regard. T'as rien dans les yeux. T'es vide. On dirait que tu n'es pas là. Je veux que tu rayonnes pour la caméra !

Lolita : D'accord, monsieur.

Le réal' : C'est ce que je voulais entendre. Montre-nous que t'es une petite gourmande ! Tout le monde est prêt ?

Le chef op' : Ça tourne.

Le réal' : Et… action !

La musique se lance. Lolita commence à manger une cerise. Elle avale délicatement la chair rouge du fruit.

Lolita : Je sens. Je lèche. Je croque. Je mâche. Devant moi, une quarantaine d'yeux d'adultes me regardent. Et leurs têtes bougent de gauche à droite sur la musique. Dans les enceintes, c'est ma voix qui tourne en boucle. Je la reconnais pas. C'est moi. Mais c'est pas moi. *Toi, le loup des steppes*, tu me regardes. T'as si faim de moi. *Tu le dis sans cesse.* Je vois ta bouche qui bouge en même temps que la mienne.

Tu fais les mêmes mouvements que moi. Tu te lèches les babines en même temps que moi. Une fois que j'ai fini la cerise, tu me montres tout ce qu'il y a sur la nappe. Je déguste. Je goûte. Je mange. Je bouffe. Je dévore. C'est moi le loup.

Piste 3 – Abracadabra

Dans les toilettes.

Le réal' : Lolita ? Lolita ? T'es où ?

Silence.

Le réal' : T'es derrière la porte ?

Silence. Il tape à la porte.

Le réal' : Laisse-moi entrer.

Lolita : Ça va, ça va.

Le réal' : Il va falloir qu'on reprenne.

Lolita : Oui, oui. J'arrive.

Le réal' : Pourquoi t'as disparu ?

Lolita : Non, rien. J'avais besoin d'aller aux toilettes.

Le réal' : J'entends la chasse d'eau depuis tout à l'heure.

Lolita : Non, c'est rien.

Le réal' : T'as besoin de voir le docteur ?

Lolita : Non.

Le réal' : T'es sûre, y'en a un qui est là rien que-

Lolita : NON.

Silence.

Le réal' : Ma petite chérie. Je sais que ça fait peur. Le tournage, ton assistante, tout le monde autour de toi. C'est nouveau. C'est normal que ça te chamboule un peu. Mais va falloir y mettre du tien si tu veux devenir une star. Tu y arriveras jamais si tu agis comme une gosse. S'enfermer dans les toilettes parce que t'as peur, c'est puéril. T'as seize ans. T'es plus un bébé. T'es une adulte maintenant. Je veux te voir agir comme tel. T'as compris ? Lolita ? Réponds-moi ! Lolita ?

Lolita : Oui, j'ai compris.

Silence.

Le réal' : Devenir une star, ça demande des sacrifices. Et ça commence par faire attention à ce que l'on mange, à comment on se tient, à comment on s'habille. Faut que tu sois prête à ce sacrifice. Tu sais, j'en rencontre plein des filles comme toi. T'es pas la seule. J'en ai plein d'autres sous le coude. Mais parmi toutes celles que j'ai rencontrées, c'est en toi que j'ai vu le potentiel pour devenir une star. Je t'attends dans cinq minutes sur le set. Pas une minute de plus. Si tu n'es pas sortie d'ici là, je comprendrais que tu n'es pas la bonne.

Silence.

Le réal' : Tu me diras, je me suis peut-être trompé. On sait jamais avec vous. Vous rêvez d'être des stars dans vos chambres d'ado, et une fois qu'on vous sort de vos vies minables vous venez chialer parce que c'est trop dur. J'ai peut-être tort. T'es peut-être pas comme ça... Mais qu'est-ce que j'en sais ?

Silence.
Lolita fredonne une chanson qui résonne à l'intérieur de la cuvette des toilettes.

Piste 4 – Lui ou toi

Sur le set de tournage.

Le réal' : Et revoilà notre star ! Maquilleuse, on lui remet un petit coup de fond de teint s'il vous plaît. On dirait un cadavre le soir d'Halloween. Ça va pas du tout. Reprenons. L'histoire. Tu es dans un champ. Tu déjeunes avec tes copines sur l'herbe. Et puis, il y a des garçons qui vous espionnent de loin. Et qui viennent vous embêter. Enfin « embêter », t'as compris. Ça a déjà dû t'arriver, non ? Bon, passons. Et dans le clip, il y a un garçon qui t'aime bien et qui te drague. Et bah... le voilà !

Le figurant : Bonjour.

Lolita : Bonjour.

Le réal' : Il te plaît ? Tu le trouves mignon ? Je t'ai choisi le plus beau qu'on ait eu en casting. Regarde ses yeux et son sourire : vous avez le même. Parfait.

Silence.

Le réal' : T'en penses quoi ?

Lolita : Je regarde le garçon en face de moi et tout devient flou. Je ne le vois pas. Enfin je vois le visage de celui que j'ai accroché partout dans ma chambre. Mon chanteur préféré. Je regarde autour de moi, tout le monde me regarde et attend une réponse.

Le réal' : Rougis pas ma grande. Toi, tu y fais attention. C'est ma protégée. S'il lui arrive quelque chose, t'es viré. Et je veux pas de bêtises entre vous en dehors du plateau. Pas question que tu la mettes en cloque ou je sais pas quoi. Même si je sais que t'aimerais bien. Avoue. *Il lui claque le dos.* Fais pas le timide, j'ai eu ton âge. Je sais ce que c'est les hormones. *Le Figurant rougit.* Allez, sur le plateau les deux tourtereaux. On va vous filmer en train de discuter autour de cette botte de foin. Pas la peine de parler fort, on aura la musique dans les oreilles. Mais ayez une vraie discussion. Et je veux de la passion. De l'envie. Du désir !

Lolita et le Figurant se mettent en place.

L'assistant du réal' : Silence.

Le réal' : Moteur.

Le chef op' : Ça tourne.

Le réal' : Et... action !

Lolita : L'odeur de la nourriture sur la nappe me donne envie de vomir. Je regarde le fraisier. Il ne reste d'une part. Qui a pu en manger entre-temps ? Les fraises de la dernière part sont si régulières. Coupées et calées les unes contre les autres. Les petits pépins jaunes s'agitent dans mes yeux. Ils dansent au rythme de la musique. Et se déplacent sur la part de tarte. Jusqu'à former une bouche. Une bouche jaune-pépin sur la part rouge-fraise. Et les lèvres se mettent à s'animer. Et j'entends : *Couche-toi près de moi et dévore-moi des yeux, ma princesse.*

Piste 5 – À quoi rêve une jeune fille

Dans la chambre.

Lolita : Sur le radio réveil, minuit cinquante-six. Le réveil est programmé dans cinq heures. Demain, deuxième jour du tournage. Impossible de dormir. Y'a comme un truc qui reste coincé. Bloqué dans l'œsophage. Comme le bout de pain que tu manges trop vite. Comme le shot de vodka la première fois avec les copines. Comme l'odeur de clope quand tu tires ta première taffe. J'ai envie de gerber. Trop mangé ? Même pas. J'ai essayé de me faire vomir. Y'a rien qui sort. Tout reste à l'intérieur. Trop quoi ? Trop pleine. Trop remplie. Peut-être ? J'en sais rien. Trop regardée sûrement. Trop d'yeux autour de moi. Trop de mains qui s'occupent de moi. Étouffée. Vague souvenir de la loge où on a regardé les images qu'ils ont tournées. Et qu'il m'a dit que la fille à l'écran, elle était *belle*. Comme une *star de cinéma*. C'est ce qu'il a dit. Mais moi, j'ai pas réussi à la regarder. C'était pas moi. Celle dans l'écran, c'était une autre. Elle me ressemblait pas. C'était pas ma tête. C'était pas mes mains. C'était pas mes jambes. C'était une autre version de moi. C'était ses yeux qui regardaient mon corps. Mais c'était pas moi. Pas comme quand mes yeux me regardent dans le miroir. C'était pas moi dans l'écran. C'est pas moi. C'est pas moi. Sueur. Je rallume la lumière. Trois heures cinquante-sept. Impossible. Je me lève pour regarder mon visage dans la fenêtre de ma chambre. Dans le reflet, y'a moi. Mais j'aperçois aussi la fille de l'écran. Comme si elle me cachait. Comme si elle était devant moi. J'ai peur de disparaître derrière elle.

Piste 6 - Veni, Vidi, Vici

Sur le set du tournage, le lendemain
Figurante 1 mange des gâteaux.
Figurante 2 mange une pomme
Lolita rentre.
Silence.

Figurante 1 : Lolita...?

Lolita : Oui ?

Figurante 1 : Merci ! C'était trop chouette de tourner avec toi.

Lolita : De rien.

Figurante 1 : Je voulais te dire... bah... que je suis... trop fan de toi. Je t'aime trop, voilà. Je te suis depuis le début. J'ai vu *Talent en herbe* et je rêvais trop d'être à ta place. Moi aussi, je veux devenir chanteuse. Comme toi. Et puis, après, j'ai acheté ton single. D'ailleurs, je l'ai ici. Tu peux me le dédicacer ? Et j'ai aussi apporté mon appareil. Si jamais, on peut prendre une photo de nous deux. Parce que tous mes amis du lycée, ils disent qu'on se ressemble. Même taille. Même corps. Même cheveux. T'es trop belle toi. Alors moi, je leur dis que, bah non... c'est... c'est toi la plus belle. Moi, à côté, je suis banale.

Lolita : T'es très belle aussi.

Figurante 1 : Ah, c'est vrai ? Tu trouves ? ***À Figurante 2*** :Tu peux nous prendre en photo ?

Figurante 2 les photographie. Lolita signe le single.

Figurante 2 : Moi aussi, j'ai ramené le mien. Tu peux le signer ?

Lolita : Avec plaisir.

Figurante 2 : C'est vrai que t'as seize ans ?

Lolita : Oui. J'étais au lycée l'année dernière.

Figurante 1 : Et ça fait quoi d'être une star ?

Lolita : C'est le rêve. T'as plein de gens autour de toi. La vie, elle est tellement plus simple. Et surtout, on te reconnaît dans la rue.

Figurante 1 : T'as pas peur ?

Lolita : Comment ça ?

Figurante 1 : De vieillir. De changer. Et qu'on te reconnaisse plus.

Lolita : Je suis un régime spécial. Je fais attention à mon alimentation. Je fais du sport trois fois par semaine.

Figurante 2 : Moi, je crois que je pourrais pas.

Lolita : J'ai pas le choix. Faut que je me contrôle.

Figurante 1 : Moi, je le ferais. Je sais que j'ai le potentiel. C'est ma mère qui l'a dit. Quand on fait du shopping ensemble, elle me dit : *toi, t'as une taille de mannequin.* Et on me le dit dans la cour du lycée. Je fais attention à ce que je mange. J'ai compris que c'était comme ça que je réussirai. Ma mère, elle m'a dit que les femmes étaient plus belles quand elles faisaient attention à ce qu'elles mangeaient. Et qu'elles peuvent aller loin.

Lolita : Tu iras loin ! Tu connais le régime *Low Carb* ?

Figurante 1 : Non. Jamais entendu parler.

Lolita : C'est un super régime que m'a conseillé ma nutritionniste. Et y'a beaucoup d'adolescentes qui le font. Tu arrêtes de manger des glucides. Et ça te fait perdre du poids en un temps record.

Figurante 2 : T'as trop de courage.

Figurante 1 : Moi, j'ai testé la méthode un repas par jour. Et ça marche plutôt bien. C'est ma mère qui faisait ça quand elle était adolescente. Enfin, je suis pas folle. Je mange quand même une pomme le midi avec une canette de coca. Du sucre pour avoir de l'énergie. Et regarde ! ***Elle montre son ventre.*** C'est clair que maintenant, je vois que les mecs me regardent différemment au lycée.

Figurante 2 : Tu l'as déjà fait ?

Figurante 1 : Non. Je me réserve. J'attends le bon...

Lolita : Y'a les deux autour de moi. Je respire plus. Je vois leurs bouches parler. Et les petits postillons invisibles atterrir sur ma peau. J'entends fort le craquement du biscuit sur les dents. Ça craque si fort avant que sa langue mouille le biscuit. La pâte se colle à ses gencives. Et la langue fouille pour enlever tout ça. Et avaler la pâte qui viendra bientôt tapisser leurs œsophages. Et prendre ses doigts pour décoller le biscuit mouillé. J'aurais envie de lécher son doigt. Et de mordre jusqu'à ne plus avoir faim.

Piste 7 - Mon maquis

Au coin catering.
Le réalisateur arrive, il se sert une grosse cuisse de poulet, des frites qui

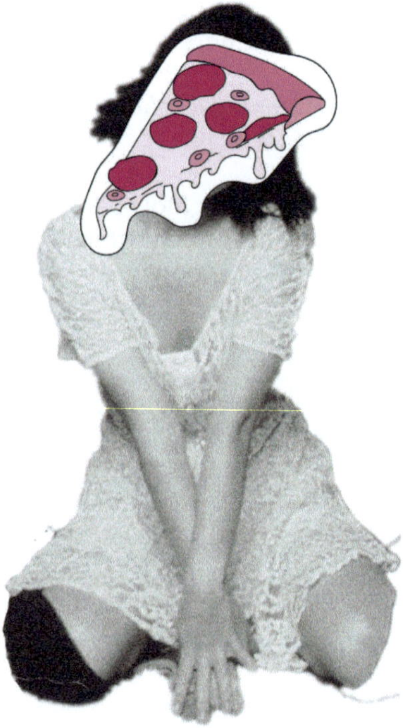

débordent de l'assiette et fait gicler de la mayonnaise partout dessus.

Le réal' : Putain, qu'est-ce que c'est bon. J'adore. ***Les doigts pleins de gras, à Lolita*** : Alors, ma chérie, pas trop triste que ça soit fini ce soir ?

Lolita : Un peu.

Le réal' : T'as été superbe ces deux jours. On a regardé ce matin les séquences qu'on a tournées hier. Les plans sont super. T'es belle au milieu de la forêt.

Lolita : Loup, y es-tu ?

Le réal' : T'as bien écouté mes conseils : on sent la malice dans tes yeux. Toi, ça se voit que tu es une séductrice. Tu dois te faire draguer souvent, non ? Par des jeunes garçons ? Aussi par des vrais hommes comme moi, non ?

Lolita : Que fais-tu ?

Le réal' : Et n'oublie pas qu'on se retrouve bientôt pour la tournée. Alors attention : faudra suivre le programme de ton assistante. Moi, j'ai passé l'âge pour ces conneries. Mais toi, c'est important que tu t'y tiennes. Sinon, au revoir la pochette de l'album.

Lolita : M'entends-tu ?

Le réal' : Et puis, qui voudrait d'une petite Lolita toute ronde. Ce qu'on aime, c'est les femmes dans ton genre. Mature avant l'heure et plus fine que nos femmes... Je te laisse. Et n'oublie pas ! Dans deux semaines, tu sais qu'on se voit pour Les Victoires de la musique ?

Piste 8 – Parler tout bas

Dans la maison.

Lolita : Je sors de la douche. Dans quelques minutes, y'a le chauffeur qui arrive. Mon cerveau brûle. Je tente de me préparer : enfiler la robe qu'il m'a envoyée, mettre le vernis à paillettes, le mascara, le rouge à lèvres, le blush qu'il m'a offert.

Le réal' : Et n'oublie jamais le parfum ! Tu dois faire bonne impression. Il y aura beaucoup de gens ce soir. Des gens importants. Des gens à qui tu dois plaire. Tu dois les séduire. Tu sais faire ça. Tu l'as fait avec moi.

Lolita : Je ne sais pas ce que ça veut dire plaire ni séduire. Dans la salle de bain, la buée s'efface progressivement sur le miroir en pied. Je me découvre dans la glace. Je suis prête. Je sors de la salle de bain. J'enfile mon manteau. Je descends les escaliers. Dans le canapé, ma mère est rivée à la télévision.

La mère : On a déjà allumé la télé pour te voir, ma chérie, tu vas assurer. Et on croise les doigts pour que tu gagnes ta première Victoire !

Lolita : Je lui rends son grand sourire. Je sors dehors. Les phares de la voiture m'éclairent dans la nuit. Je monte dans la voiture. Les rues défilent devant mes yeux. Puis je reconnais l'endroit. Je dis à mon chauffeur de s'arrêter.

Le chauffeur : Lolita, ce n'est pas l'adresse qu'on m'a donnée.

Lolita : Les Victoires de la musique ?

Le chauffeur : L'adresse, c'est plus au nord.

Lolita : J'ai juste quelque chose à récupérer. Il m'a appelée avant que je parte. C'est un cadeau, il paraît.

Le chauffeur : Cinq minutes, pas plus. Nous serons en retard sinon.

Lolita : Promis !

Lolita : Je sors de la voiture. En face de moi, la pizzeria dont elle m'a parlé. Juste à côté, le portail. Jardin public. Elles m'attendent. Les deux figurantes du clip. Nina et Élisa. Elles sont assises sur une nappe en tissu blanc. Elles rigolent. Nina a allumé une cigarette. Elisa passe la main dans ses cheveux. Le soleil se couche derrière elle. Et les derniers rayons caressent leurs peaux. Devant elles, cinq pizzas, du soda, des bonbons, des gâteaux, des chips, des glaces, des frites. Je salive.

Elisa : T'es prête ?

Lolita : À mille pour cent.

Nina :T'es sûre de toi ?

Lolita : Tellement.

Nina : FEUUUUU !

Lolita : Et dans un élan, on se saisit des boîtes, on ouvre et on déchire les parts de pizza avec nos dents. Y'a de la sauce tomate qui coule sur mon menton. Je mélange le salé et le sucré. Dragibus en featuring avec des chips. Coca-cola en duo avec une pizza aux anchois. On mange. Et je regarde leurs yeux qui pétillent.

La foule : C'est Lolita.

Lolita : Je les ignore. Je mange. Je mange en les regardant. Et je sens que tout descend à l'intérieur de moi. Je sens mon ventre se gonfler. Je détache le bouton de mon jean taille haute. Le temps semble suspendu. Il y a encore des gens autour de nous ? Je sais pas trop. Mais je mange. Ma bouche est une explosion de saveurs. J'ai l'impression de tout sentir en même temps. Il est quelle heure ? Ça fait tellement plus de cinq minutes. Il se mettra bientôt à ma recherche. Je regarde les boîtes, presque vides. Dernière part. Le banquet est bientôt fini. Je savoure ce dernier moment. Chaque bouchée est un cadeau. Je déchire la croûte avec mes dents. Je lèche mes doigts sans que la sauce ne disparaisse complètement. Je m'allonge sur l'herbe. Et elles font pareil. Sur le sol qui se refroidit, je sens la chaleur de leurs corps qui digèrent. Et de nos mains qui s'effleurent. Sauce tomate contre sauce tomate.

Jeanne Guérard

Le goût de la garbure

Jean-Michel Clerc

La garbure finissait de cuire doucement sur le feu. Du chou, des haricots blancs, du lard et du jambon de Bayonne, quelques légumes. Rien de plus simple. Julien referma le couvercle de la cocotte, un sourire de satisfaction sur le visage. Un rien le faisait frémir depuis quelques jours. Jenny viendrait ce soir. Ce serait le grand soir. Le fumet embaumait la pièce. Il avait travaillé tard la veille et terminé de préparer la soupe dans la nuit. Un plat comme celui-là se prépare à l'avance. Les copains arriveraient dans une heure. Il ouvrit une bière et un paquet de chips, en attendant. Il se sentait bien.

Julien Bonnet ouvrait une table d'hôtes dans la salle à manger de sa maison de famille. Il s'était constitué un réseau de fournisseurs locaux dans les groupes d'amis qu'il avait gardés durant son exil, ou retrouvés à son retour. Ce soir, il les invitait pour fêter l'ouverture imminente de sa table d'hôtes. Il occupait l'ancienne ferme, la rénovait peu à peu, pièce par pièce. Son gîte ferait venir, il l'espérait, tout ce que la région comptait de bobos, frontaliers ou autres Suisses en mal de tradition. Il proposerait les plats de la région et, comme la garbure, des spécialités d'autres coins plus ou moins reculés.

De fait, de sa petite vie passée à l'autre bout du pays, Julien avait ramené un certain nombre de plats traditionnels du Sud-Ouest — garbure, confit de canard, foie gras, pâtés divers, gâteau basque, pastis landais, nid d'abeille et croustade à l'armagnac. Que des choses bonnes pour la santé, au moins mentale, assurait-il, au même titre que les divers fromages fondus de la région. Il ramena surtout de son exil deux enfants de quatre et huit ans, Anne et Aimée. Les raisons de leur retour dans la région natale de Julien étaient à trouver dans l'abandon de leur mère, partie vivre à l'autre bout du monde — ou au moins à mille kilomètres de là, ce qui revient au même. Julien et sa progéniture s'en étaient alors retournés vers les vallées alpines perdues entre des montagnes et un lac comme une mer intérieure.

Hélène était partie à Londres reprendre ses études. La condition à son admission en thèse sur le théâtre de Shakespeare était de la réaliser sur place. Ils s'étaient séparés six mois après qu'elle eût pris sa décision. Ce fut pour Julien comme une petite mort après quinze années de couple et deux enfants. Ils se voyaient encore, un week-end par mois, pour les filles, mais ce n'était plus comme avant. Il y avait eu rupture, et deuil.

La maison de ses grands-parents était vide depuis un an. Personne n'avait osé la mettre en vente tant que son oncle la maintenait encore en état. Julien lui donna la main.

Depuis la séparation, il avait repris plaisir dans la cuisine. Il piochait par intermittence dans le paquet de chips, il grignotait, se léchait les doigts et tétait le goulot de sa bouteille. Il était revenu aux fondamentaux de la vie de ses ancêtres dans les alpages : le fromage fondu et le gras sous toutes ses formes. Fondue savoyarde, raclette, tartiflette, aligot. Jambon de pays, lard fumé, saucisson sec, saucisse aux choux, pâté en croûte, diot, beignet de pommes de terre, matafan.

En parallèle, il avait commencé d'apprécier plus que de coutume les desserts et les goûters, n'hésitant pas une seconde devant une gaufre liégeoise, briochée avec goût et recouverte d'une crème fouettée bien épaisse. Ou une large part de forêt noire, depuis longtemps le dessert préféré qu'il ne s'interdisait plus d'acheter régulièrement dans la petite pâtisserie qui avait ouvert dans le village voisin. Jenny, la pâtissière, une Anglaise, amie d'amis, revenue d'un métier d'agent immobilier dans lequel elle ne trouvait plus de sens, n'était pas pour rien dans ce nouvel appétit. De tous les invités de ce soir, Jenny était celle qu'il attendait le plus. Ils travailleraient bientôt ensemble, souvent. Jenny fournirait Julien en desserts et biscuits pour le goûter — muffins, scones, cookies, sablés de Noël, pain d'épice…

Elle aurait dû lui donner signe de vie depuis un moment maintenant. Julien consulta son téléphone, pas de message. Elle n'avait pas de réseau en montagne où se situait son laboratoire. Ne manquait plus que la neige. Avec cette pluie qui tombait ici en plaine, ça ne l'étonnerait pas.

19 heures.

19 heures 05. On sonna à la porte d'entrée. Une armoire à glace derrière la vitre. Deux petites têtes de chaque côté. Sébastien, ses enfants. Le premier copain que Julien avait revu à son retour. Divorcé, deux enfants comme lui. Les gamins s'entendaient bien. Ça les avait aidés, peut-être, à se rapprocher. Et ils se retrouvaient dorénavant comme deux copains qui ne s'étaient jamais quittés. Il élevait des vaches laitières et transformait une partie en fromages et yaourts, et approvisionnait Julien.

« Ouh, ça sent bon ! fit un des enfants en pénétrant dans l'entrée pendant que Julien prenait leurs manteaux.

— La garbure, le plat d'hiver qui réchauffe les corps… s'enthousiasma Sébastien, que l'air glacial de l'extérieur semblait miner.

— … et les cœurs ! ajouta Julien. »

Il en savait quelque chose, puisqu'il n'avait dû sa survie, l'hiver précédent, qu'à ce plat quotidien, constamment à mijoter sur sa cuisinière à bois.

Les enfants étaient déjà montés dans les chambres lorsqu'on démarra l'apéritif à la table du grand séjour. C'était une ancienne ferme que Julien avait connue au milieu des champs et des prés, d'un monastère un peu plus loin, et quelques maisons qui poussaient éparses ici et là. La ferme était aujourd'hui entourée de résidences locatives, de villas de standing avec vue sur lac. Il n'y avait plus rien de l'activité agricole séculaire et le clocher du monastère avait disparu derrière les petits immeubles.

Seul le jardin proche conservait un petit quelque chose de naturel. Julien n'en avait touché que la partie de l'entrée, une terrasse couverte d'une treille et entourée de petits buissons taillés avec soin, fleuris à la belle saison. Son oncle, habitant dans le voisinage, passait régulièrement le tracteur tondeuse et taillait les arbres fruitiers. Plus personne n'allait guère dans l'ancien jardin potager ni dans la basse-cour, qui s'étaient transformés en friche. Du poulailler, accolé à la grange au fond de la cour, ne restaient que les cloisons grillagées depuis la mort du grand-père. Julien avait bon espoir de raviver les uns et les autres, de faire de la permaculture dans les années qui venaient, afin de proposer à sa table des nourritures venues en partie de son jardin.

Bières épicées de Noël et pinot gris d'Alsace. On attendrait le reste des invités en démarrant les hostilités, comme le précisait Sébastien. On sonnait par intermittence, peu à peu les convives arrivaient. Sarah et Benjamin, vignerons, puis Ludivine, éleveuse de truites de montagne, avec Marc. Puis les autres.

Ne manquait plus que Jenny pour être douze. La tablée maximum pour Julien dans les premiers temps — avant les aménagements de la cuisine et de trouver la grande table pour vingt personnes qui irait bien dans la salle à manger.

Julien ne s'expliquait pas le retard de Jenny. Il se sentait démuni. Il fit tout de même visiter la maison, dont les travaux d'aménagement intérieur avaient démarré tardivement. Le premier niveau comportait l'entrée donnant sur la cuisine, l'ancien pèle comme on le dit en patois, et qui servait aujourd'hui de séjour, avec une petite table à manger, une banquette, le bureau de Julien. C'était ici qu'il recevait de manière informelle, ici qu'on but quelques bières et des verres de vin, encore, en attendant Jenny et le vrai apéritif. L'entrée donnait ensuite, en enfilade, sur le grand salon et la salle à manger, les pièces d'accueil, à la décoration campagnarde.

19 heures 30. La garbure continuait de mijoter. La première bouteille de vin fut vidée.

Jenny manquait. Particulièrement à Julien pour la raison qu'il pensait, enfin, conclure avec elle une histoire. Depuis plus d'un an de séparation avec Hélène, il se sentait enfin prêt à se rapprocher de Jenny.

Elle ne répondait pas au téléphone.

On passa au salon démarrer le deuxième apéritif. « Ça fera venir Jenny ! » annonça, comme le voulait la coutume, Sébastien.

On servit ce qui ressemblait à un Spritz, mais qui était confectionné à base de cerdon, un vin pétillant, et d'orange amère, tous deux produits dans des régions voisines. L'accompagnaient des amuse-gueules.

« Bouchées apéritives façon tiramisu : à vous d'en deviner le contenu. »

Julien ne se fit pas prier et prit la première bouchée. Il repartit chercher les chips artisanales et le bol de mousse de pois cassés. Il huma le fumet de la garbure avant de ressortir de la cuisine.

« Des noix !

— Oui, torréfiées, dedans et saupoudrées dessus.

— Mais dans la mousse, il y a aussi un fromage…

— Des endives !

— C'est ça ! Endives braisées, mixées avec un léger fromage de

brebis, le tout enrobé d'une crème de ricotta aux jaunes d'œufs et blancs en neige.

— Fameux ! » conclut Sébastien.

La petite mousse de pois cassés dans laquelle on trempait les chips artisanales eut tant de succès, qu'ils se sentirent le devoir de garder sa part à l'absente, dans le cas où elle finirait par se joindre à eux. Dans la cuisine, l'hôte réarrangea rapidement un petit plateau en songeant encore à Jenny. Sitôt qu'il quittait ses convives et leurs conversations légères et badines, et tout en piochant dans le fromage découpé en lamelles, il repensait à la personne qui, de tous, lui manquait le plus. Sans compter sur la croustade à l'armagnac qu'elle avait promise pour le dessert afin de rester dans la thématique du Sud-Ouest.

Il passa en revue les raisons pour lesquelles Jenny aurait pu oublier de le prévenir de son absence. La tombée de la neige aurait pu bloquer les communications. Pire, peut-être s'était-elle cassé une jambe en rejoignant sa voiture, la croustade dans les mains. Aurait-il dû se rendre sur place pour vérifier que tout allait bien ? Devait-il appeler le service des urgences de l'hôpital de la ville voisine ? Mais n'étaient-elles pas fermées elles aussi ?

20 heures 15. À son retour au salon, Sébastien lui apprit que Jenny n'avait rien posté sur Instagram depuis le milieu de l'après-midi. La croustade, sur la photo, ou tourtière, selon qu'on se trouvait d'un côté ou de l'autre de la région d'Armagnac, semblait bien partie pour les régaler ce soir, comme les cupcakes surprises. Tout le monde se mit d'accord pour affirmer que Jenny n'avait pas l'habitude de ne pas donner de nouvelles. Elle ne passait pas deux heures sans publier des photos de ses créations pâtissières ou poster en story une vidéo de son bouvier bernois.

De temps en temps, elle montrait les couvertures des livres qu'elle lisait et les accompagnait parfois d'un extrait. Sarah racontait la dernière lecture de Jenny. Un polar qui avait lieu dans la pâtisserie-salon de thé d'une jeune et pétillante retraitée où une cliente était retrouvée morte en pleine nuit. Sarah connaissait bien l'histoire, puisqu'elle l'avait lue avant de la conseiller au club de lecture auquel elles participaient. À la différence près, informa Julien, que Jenny avait dû le lire en version originale anglaise. Au souvenir des écarts de traduction qui sévissaient dans les romans policiers jusque dans les années 90 ou 2000, l'on se demanda si la traduction française de ce polar n'avait pas laissé entrevoir un début de solution au mystère de l'absence de Jenny.

« Ce sera une farce, dont on est les dindons ! fit Sébastien, boute-en-train. »

La garbure continuait de mijoter.

Julien avait fait installer ses convives à la grande salle à manger. Il s'y trouvait sur les murs des anciens skis en bois, des vieilles pièces agricoles, des roues de charrette qui n'avaient plus glissé sur la neige, tiré des bœufs ou roulé sur les chemins depuis bien longtemps. C'était ça que voulaient les Suisses et les frontaliers, ce type d'individu en mal de terroir.

En entrée, une petite douceur locale : le berthoud, du fromage d'Abondance fondu au four dans des ramequins individuels avec quelques gouttes de vin de madère et, bien sûr, un peu d'ail frotté, dans lequel on trempait ses bouts de pain comme pour la fondue, ou de la pomme de terre.

Lorsque Julien revint de la cuisine avec le grand plateau fumant, il entendit la conversation s'orienter vers ce qu'on appelait couramment les aventures de Jenny.

« Elle a un nouveau mec, affirmait, sûr de lui, Sébastien.

— Son ex, ajouta Sarah. Il semblerait qu'ils se soient remis ensemble. »

« Zut », pensa Julien en repartant vers la cuisine. Il revint trente secondes plus tard avec les deux bouteilles de vin blanc de Savoie produit par Sarah et Benjamin, non sans, au passage, piocher dans le paquet de chips entrouvert.

« Tu avais bien sympathisé avec Eric, pas vrai Julien ? »

L'hôte se rappelait un grand type carré, des mains comme des battoirs de pala, ce jeu qui se pratique dans le Sud-Ouest avec une balle contre le fronton de chaque village et dont il avait apposé une raquette en élément de décoration sur un mur de sa salle à manger. Eric était un inspecteur de police de la ville voisine, affable et blagueur, qui avait su se mettre dans la poche les amis de Jenny.

« Un mec très sympa, avoua Julien en servant les boissons sans rien laisser paraître.

— Tu te rappelles pourquoi ils avaient rompu ? Si c'est pour se remettre ensemble trois mois plus tard… ?

— Non, mais c'est vrai qu'elle n'était pas bien depuis la rupture. Elle avait du mal à s'en remettre…

— C'est elle qui l'a plaqué, je crois », fit Sarah.

Oui, c'était elle qui l'avait plaqué, se rappelait Julien en distribuant les ramequins bouillants. Il se souvint les longues soirées passées à la laisser pleurer sur son épaule. Il se souvint l'avoir serrée dans ses bras sans lui avouer qu'il attendait ce moment depuis si longtemps.

La conversation avait repris sur un autre sujet — entrecoupée de « hum » de satisfaction. Julien et ses convives dévoraient les berthouds comme s'ils n'avaient rien mangé depuis longtemps. Répondant mécaniquement à leurs questions, acquiesçant sans y être, Julien pensait sans cesse à Jenny. Il se résolut en resservant le vin blanc à faire accélérer le repas pour aller la chercher. Il se jeta lui aussi sur son berthoud et fut le premier à le terminer pour enchaîner la suite des plats et la garbure qui mijotait toujours.

20 heures 45. Il avait un pressentiment.

Soudain, Julien ne voulut plus attendre d'avoir terminé le repas pour comprendre l'absence et le silence de Jenny.

« Bon, je vais y aller, je vais aller voir…

— Oh allez, laisse tomber, il n'y a pas vraiment de raisons de s'inquiéter…

— Et si ça se trouve, son portable est déchargé, c'est tout !

— Je ne crois pas, il y a quelque chose. Prenez soin de la garbure sur le gaz ! », lança-t-il en jetant un dernier regard gourmand à sa soupe.

21 heures. Julien tenta la maison de Jenny à la sortie de la ville, mais n'y trouva personne. Alors, sous la pluie qui virait à la neige, il prit la direction du laboratoire de pâtisserie, dans un village plus éloigné.

La neige tombait maintenant dru et on n'y voyait guère plus loin que trente mètres. Julien ne se demanda pas s'il réussirait à franchir le col. Il avait foi en sa vieille Toyota. Pendant toute la route, il songea à Jenny, aux raisons de son absence ce soir. Quand la neige commença à tenir sur la route, l'hypothèse de l'accident de voiture se fit plus plausible. Ou alors la jambe cassée. Il avait gelé à pierre fendre les jours précédents, d'autant plus en montagne où le thermomètre, avait dit Jenny à Julien, était descendu la nuit dernière à -25 degrés. Dans ces conditions, il était facile de se casser quelque chose après avoir glissé sur une plaque de verglas cachée par la couche de neige fraîche.

21 heures 15. La route était longue ce soir et l'épaisseur du manteau augmentait. Par chance, songea Julien, il vit devant lui la lumière orange tournoyante d'un gyrophare et freina derrière le chasse-neige qui gravissait justement le col avec la lenteur d'un sénateur au travail. Pas question de le doubler pour se retrouver dans vingt centimètres de poudreuse sur la route. Il ne tenait pas à passer les chaînes.

Ce fut alors que son téléphone sonna dans le silence de l'autoradio chuintant. Julien sursauta, l'attrapa, répondit rapidement sans regarder si c'était Jenny qui l'appelait, tant il en était persuadé.

Ce n'était que Sarah. Et la garbure.

« Elle commence à faire des bulles », annonça-t-elle, l'air détaché. Devant la voiture, le chasse-neige se traînait.

« Je m'en fous ! » répondit-il avant de raccrocher.

21 heures 30. Le reste de la route fut d'un ennui inégalé. Maintenir la distance avec le véhicule de devant, s'assurer de ne

pas glisser dans les virages. Ressasser les hypothèses de l'absence de Jenny. Julien repensa à Eric, le flic. Était-il revenu dans la vie de Jenny ? Avait-il tenté de la récupérer ? Il ne faisait aucun doute que cet homme était violent et Julien eut peur pour Jenny. Les scénarios d'une rencontre avec le flic se précisaient au fil de la montée et Julien franchit le col sans y penser. Le village du laboratoire se situait quelques kilomètres plus loin en contrebas. Il maintint le cap derrière le chasse-neige et il eut l'impression que la chute de neige se calmait. Il y en avait trente bons centimètres sur le bas-côté et Julien songea qu'il pourrait en profiter demain et les jours d'après pour skier. Mais la pensée de Jenny, seule dans le trouble à son laboratoire, revint le hanter dans les dernières minutes du trajet.

21 heures 35. Cent mètres avant le village, il trouva une petite camionnette enfoncée dans une congère à la sortie d'un virage. Il reconnut le véhicule utilitaire de Jenny. Il en fit le tour. Ne vit personne. Pas de traces de pas non plus, recouverts par la neige qui était tombée.

À la clarté du téléphone pourtant, il avisa un gros impact sur le pare-brise, devant le volant. Mais pas de sang. C'était bon signe.

21 heures 38. Il continua jusqu'au village, se stationna devant la boutique et il souffla avant d'ouvrir la porte. Il ne vit pas le véhicule de police banalisé d'Eric, mais pour Julien, son absence ne voulait rien dire. Il trembla lorsqu'il plongea sa main dans son coffre. Il en sortit la grosse clé à pipe pour la roue de secours. Il n'y avait pas que l'accident. Il y avait autre chose. Julien avait vraiment un mauvais pressentiment.

21 heures 41. La porte de la boutique était verrouillée. Pas de lumière à l'intérieur. C'est là qu'il s'aperçut que les réverbères du village étaient éteints. Il ouvrit la porte de côté, celle qui donnait sur le labo. Il manqua être renversé dans le couloir obscur. Quelqu'un tenant une pelle à bout de bras. Une pelle à neige, large, évasée et les bords affûtés d'avoir passé vingt ans à racler les goudrons des parkings.

Julien recula de peur en tenant son outil devant lui et hurla.

L'odeur lui donna un indice. Un mélange de mangue et de vanille ; l'odeur de... Jenny !

« C'est toi mon ours ? »

Elle s'adressait ainsi à Julien, rapport aux réserves qu'il s'était constituées lui aussi autour des hanches — et du reste. « Entre, viens ! »

Elle lui fit passer la porte au fond du couloir.

« Il n'y a plus d'électricité ni de réseau depuis deux heures, tout a planté. C'est la neige. »

Julien s'expliqua l'Instagram en pause de Jenny.

« Qu'est-ce qu'il t'arrive ? » fit Julien à Jenny une fois sous les lumières des bougies qu'elle avait allumées dans le laboratoire. Elle avait un grand sourire, plus large que la pelle qu'elle tenait à la

main. Son visage n'était pas ravagé de larmes, de longues traces noires du mascara sur ses pommettes comme il s'y serait attendu. Elle ne tremblait pas. Ses jambes n'étaient pas cassées. Elle avait la voix sûre, mais au-dedans, elle était secouée. L'accident de voiture, probablement.

« Oh, c'est rien, c'est la neige, là... Je suis désolée, je suis en retard... La préparation des fêtes, j'ai eu du mal à fermer boutique, et puis la neige est arrivée... J'ai cherché mes chaînes pendant une heure, mais ne les ai pas trouvées, elles doivent être à la maison. Et puis, quand j'ai voulu t'appeler pour mon retard, j'ai glissé sur la neige à la sortie du village et mon téléphone s'est écrasé sur le pare-brise ! Et là, plus moyen de retrouver ma pelle ! J'ai fini par mettre la main dessus pour dégager la voiture... Tu venais me chercher ?

— Oui, on se demandait ce qu'il t'arrivait.

— J'espère qu'ils vont vite tout réparer. Les autres sont chez toi ? On va les rejoindre. Tu n'as pas eu de problème pour monter ? Ça te dérange qu'on prenne ta voiture ? »

Ils sortirent dans la nuit. Le froid piquant fit réaliser à Julien que ses yeux étaient mouillés.

Au volant, il fondit en sanglots.

« Mais qu'est-ce qu'il t'arrive, mon ours ? »

Il ne pouvait plus se retenir et ses larmes coulèrent. Elle le prit dans ses bras comme elle savait le faire. Il retint un sanglot. Son cœur voulait se vider.

« Allons, allons... Elle le serra plus encore. Qu'est-ce qu'il t'arrive ?

— C'est pas, c'est... c'est nerveux ! C'est tout ! »

Il fouilla dans sa boîte à gants, en sortit un paquet de chips. Il en dévora une poignée.

« Mais tu avais faim ? Vous n'avez pas mangé chez toi ?

— C'est pas ça, tu le sais ! Mais quand j'ai un trop plein d'émotions, il faut que je mange, que je mange ! Tu vois comme j'ai grossi depuis ma séparation... J'ai pris vingt kilos en quelques mois. Dès que quelque chose se bloque, je me mets à manger, à tout dévorer sur mon passage ! Je ne peux plus m'arrêter ! Et là, tu vois, depuis un an, le départ d'Hélène, mon arrivée ici avec les filles, la table d'hôtes… Et puis il y a toi…

— Moi ?

— Oui, toi.

— Quoi, moi ?

— Il y a que… que je t'aime bien, que je t'aimerais heureuse. Heureuse avec moi, tu vois. Mais je ne sais pas… je ne sais pas comment…

— Tu ne sais pas comment me le faire comprendre ? Ne t'inquiète pas, j'ai bien compris, mon ours… » Elle l'enlaça encore plus fort. Sa bouche alla sur sa joue, sur ses lèvres et ils s'embrassèrent. Son odeur de mangue et de vanille envahit Julien et l'enivra.

« Ah, ben tout va bien ! On pouvait s'inquiéter ! »

Ils entraient main dans la main dans la salle à manger de Julien. Les convives, encore tous présents, discutaient et riaient. Des bouteilles avaient été entamées et vidées en leur absence.

« Tu n'as pas voulu nous répondre au téléphone, tu as fait le sauvage ! Et la garbure, on n'a pas su quoi en faire !

— Alors, elle a brûlé !

— On pouvait s'inquiéter en fait, mais tout allait bien pour tous les deux ! » remarqua encore Sébastien.

Tous d'éclater de rire. Un rire qui dit qu'on a compris. Le malheur des autres, les siens propres. La bouffe pour tous les réunir et leur donner le goût de la vie. La garbure, quand Julien la vit sur la gazinière éteinte, un tas compact de charbon, il réalisa qu'il n'en avait plus rien à faire. Pour la première fois depuis longtemps, il se sentait bien. Il serra la main de Jenny dans la sienne. Elle lui sourit.

La garbure grimaça dans la cocotte en fonte.

LE BEURRE
Victoria Phouthavy

« Le beurre, l'argent du beurre, et le cul de la crémière. »

Dans la vie, il ne faut pas trop en demander. C'est ça que ça veut dire. Enfin, c'est ça qu'on m'a dit que ça voulait dire. Il faut prendre sa part, mais pas plus, autrement c'est l'anarchie. Rester à sa place et être réaliste : il est là, l'équilibre à trouver, l'équilibre à souhaiter. Un peu de tout, pas de beaucoup, surtout pas d'extrême ! Les extrêmes, on s'en méfie, d'un côté comme de l'autre.

Il ne faut pas réclamer non plus. Ça ne sert à rien et puis c'est malpoli. Si tu fais ta part, si tu joues selon les règles, alors on te concédera ce que tu as demandé. Il faut faire confiance, pourquoi tu doutes ? Sois patient·e. C'est inutile de crier, de s'énerver, ça ennuie tout le monde. Donne ton argent et tu l'auras, ton beurre.

Parce qu'il faut surtout payer pour sa part. On n'a rien sans rien. Finalement, cette expression, elle parle moins de répartition égale, d'équilibre, que de la valeur travail. Il ne s'agit pas de dire : on va partager nos ressources de manière équitable. Il s'agit surtout de dire : on doit respecter la valeur monétaire des transactions. On ne va quand même pas la dépouiller, cette pauvre crémière. Elle attend sa thune dûment méritée, et elle a raison, non ? Oui, elle a raison, c'est indéniable. Elle a travaillé dur pour ce beurre, cette belle brique de beurre théorique que je soupèse dans ma main. Je la vois très nettement, cette brique. Elle est ferme, d'un beau jaune clair. Elle luit grassement, innocemment. La brique rêvée. Ce sera un bonheur d'en étaler sur une tranche de pain frais.

En somme, il ne faut pas en faire trop. Moi, j'en fais trop, ça c'est sûr. On me l'a toujours martelé, c'est un reproche lancinant qui me colle aux semelles. Mais je n'y peux rien : quand je prends seulement ma part, seulement ma petite brique de beurre à moi, j'ai encore faim — j'ai toujours faim. Croyez-moi, j'aimerais bien être faite autrement, savoir ce que c'est que d'être repue. Rien ne me suffit. Dès que c'est fini je voudrais que ça recommence. Encore une tartine de confiture, encore une histoire — et plus tard : encore un verre, encore un baiser, encore une heure de vie. Je voudrais pouvoir m'emplir du monde sans limites, me repaître du présent jusqu'à satiété.

Quand j'étais gamine, ce sentiment était littéralement insupportable. Heureusement, aujourd'hui, en tant qu'adulte, je sais me contrôler.

Je sais me contrôler, oui ; mais parfois, j'ai encore, je l'avoue, de ces envies fulgurantes et saugrenues. Par exemple, là, je voudrais planter mes dents dans cette belle brique de beurre si alléchante. Oui, l'idée se précise et me monte irrésistiblement à la tête. Mais ça ne se fait pas. Je ne l'ai même pas encore payée. Et puis ça n'a pas de sens de faire ça dans le magasin, sous les yeux de la crémière qui attend sa monnaie, avec les autres client·es qui arrivent derrière. Maintenant, j'entends le petit tintement de la cloche à la porte d'entrée à chaque fois que quelqu'un vient agrandir la file qui s'étire derrière moi. C'est stupide, il faut que je paye et que je m'en aille. N'empêche, n'empêche. La curiosité me cloue sur place. Qu'est-ce qui se passerait si… ? Je ne peux pas me décider à sortir mon portefeuille et entamer tous les gestes rituels du passage en caisse.

La crémière commence à se demander ce que je fabrique, plantée là, à hésiter avec mon beurre à la main. Ses sourcils se froncent, la mécanique bien rodée de son sourire commercial s'enraye. La brique pèse son pesant d'or — elle en a la couleur. Je l'élève à hauteur de mon nez, je renifle son odeur fraîche et lactée. Je ferme les yeux pour ne pas voir ceux, réprobateurs, de la crémière, et je lèche la surface lisse, qui fond légèrement sous la chaleur de ma langue. La saveur douce, un peu écœurante, pénètre aussitôt mes papilles. Je m'enhardis et prends une bouchée. La chair ferme du beurre résiste à peine sous mes dents. Un délicieux quartier du lingot crémeux fond maintenant entre mes joues, tapisse l'intérieur de ma bouche d'une savoureuse couche de gras délicatement relevée à la pointe de sel.

Je dévore la plaquette de beurre, à grandes bouchées consciencieuses. Je la savoure méthodiquement, et quand j'ai terminé, je me lèche les doigts. C'était vraiment du beurre de première qualité, ça se sentait. Il ne pèse pas du tout sur l'estomac.

La crémière me regarde, estomaquée. Elle ne m'a encore rien dit, elle est trop éberluée pour parler. Qu'est-ce qui va se passer maintenant ? Aucune idée. Je laisse le film se dérouler. De loin, la crémière est une femme entre deux âges, elle ressemble à la Laitière, celle de la marque de produits laitiers bien connue. Je me la représente comme ça à cause de l'association que fait mon esprit entre « laitière » et « crémière ». Je ne distingue pas très bien son visage, mais elle est baignée dans une lumière douce et sa silhouette dodue est joliment enserrée dans un corsage. Elle porte un chemisier jaune qui laisse apparaître ses avant-bras et un petit bonnet blanc. Je suis tout à coup prise de remords. Encore une fois, j'ai débordé. Pourtant, elle n'y peut rien, la crémière, si je n'en peux plus de me contenter de ma part. Je m'approche d'elle pour lui présenter mes excuses.

« Je suis vraiment désolée… »

Elle ne me laisse pas finir. Elle est furieuse.

« Vous êtes complètement folle ! Du bon beurre !

— Oui pardon, je ne sais pas trop ce qui m'a pris.

— Je n'ai jamais vu ça ! Et pourtant je commence à avoir du métier. Mais enfin, on a idée de se taper une brique entière de beurre comme ça, sans sommation ?! »

De près, je me rends compte qu'elle a un certain charme, cette crémière. Ce n'est pas la matrone que j'imaginais, elle est un peu plus jeune. Ses yeux noirs sont pleins de reproches, sa bouche a un pli sévère, mais je ne peux pas m'empêcher de la trouver jolie. Je suis vraiment désolée de lui déplaire.

« Alors ?! »

Elle me réclame son argent.

« Pardonnez-moi, je vais vous payer tout de suite. »

Je cherche dans mes poches, tout en essayant de lui faire un peu la conversation pour masquer ma gêne. Je lui dis que son beurre était excellent, que je n'en avais jamais mangé de pareil. Qu'on sentait vraiment la qualité des produits employés et son expertise, à elle.

Elle grommelle.

« Ça me fait plaisir que quelqu'un le remarque, au moins.

— J'ai grandi en Normandie, alors vous pensez, tout ce qui est beurre et fromage...

— Ah oui, je comprends. »

Il y a un petit silence gêné. Les autres client·es sont parti·es, sûrement effrayé·es par mon étrange numéro. Je dépose enfin un billet froissé sur le comptoir. La crémière le prend, le lisse un peu du plat de la paume, puis me demande, d'un ton radouci :

« Mais dites, ça vous arrive souvent de manger du beurre comme ça ? C'est quand même très inhabituel.

— C'était la première fois.

— Mais... Je peux vous demander pourquoi vous avez fait ça, en fait ? »

J'ose la regarder dans les yeux. J'essaie d'ignorer le trouble que je sens naître entre nous, mais ses beaux yeux noirs me fixent intensément à présent. Je cherche mes mots.

« Ça va vous paraître très bête, et je ne suis même pas sûre de pouvoir bien l'expliquer. Je sais que les limites sont importantes, mais il y a des fois où...

— Vous avez envie d'excès ?

— Oui, je crois.

— Pouvoir jouir sans restriction, sans honte et sans comptes à rendre. »

Je lui souris, elle me sourit en retour.

« Vous m'ôtez les mots de la...

— ... bouche. »

LE BEURRE

Le cul de la crémière, vraiment ? Oui, je sais, c'était couru d'avance. Mais regardez l'expression, aussi. Pourquoi mentionner quelque chose, si c'est pour dire que ça nous est interdit ? Elle me plaît à moi, cette crémière sexy et confiante.

Elle prend mon billet et me le tend.

« Tiens, reprends-le. Tu ne me dois rien. C'était beau de te voir te régaler comme ça.

— Mais non, enfin, garde-le. »

Je pose ma main sur la sienne, qui tient encore le billet. Nos doigts s'entremêlent, le billet tombe par terre et personne ne le ramassera. Avec ses bras forts, elle m'aide à passer par-dessus le comptoir et nous nous embrassons aussitôt, moi le dos appuyé contre le tiroir-caisse, elle ses mains autour de ma taille et de ma nuque. La savoureuse brique de beurre n'était qu'un prélude aux délices que m'offrent sa bouche et sa langue. Entre la crémière et moi, il n'y a plus de transaction, plus d'opérations qui s'excluent les unes les autres dans une rationalité aride. Il n'y a que le don désintéressé, excessif, de notre chair à goûter. C'est cela le vrai mets, celui qui était fait pour qui viendrait le chercher, celui qui était fait pour les amateur·ices, pour les gourmand·es, pour les amoureux·ses.

Maison Nuit

l'embrouillonnement

La restriction

La question de la restriction se pose souvent par rapport aux troubles du comportement alimentaire et au culte de la minceur. C'est autre chose de se restreindre par conviction. Est-ce que vous pensez que l'humain n'est pas fait pour se restreindre, ou qu'on vit dans une société qui nous pousse à ne pas vouloir le faire ?

Amélie : C'est compliqué comme question. Je pense que finalement les choses dans lesquelles on a le droit d'être excessif·ve dans la société sont très limitées : c'est uniquement en consommant. On ne peut pas être excessivement paresseux·se par exemple, mais on a le droit d'acheter tout ce qu'on veut.

Victoria : Tu as raison, il y a une démesure capitaliste encouragée dans la consommation de biens.

Iris : D'un autre côté, aujourd'hui, les classes dominantes sont plutôt dans l'orthorexie : il faut manger bien, pas trop, des produits bien sourcés et c'est justement les pauvres qui sont vu·es comme excessif·ves, mais avec des choses bon marché et mauvaises pour la santé.

Eris : De mon côté, j'aime prendre un point de vue évolutionniste par rapport à l'idée de la restriction. On a créé très récemment une alimentation riche en sucre, en gras alors que pendant notre histoire évolutive on n'avait pas accès à ces ressources-là. Notre cerveau est programmé pour ressentir un plaisir intense lorsqu'on consomme ces aliments parce qu'ils sont riches en énergie. Ça nous fait plaisir, mais ce n'est pas bon pour nous. C'est à certains égards un rapport d'addiction. On n'a pas de limites, même sur la saisonnalité des légumes. Alors, les restrictions viennent d'ailleurs, elles deviennent effectivement morales et politiques.

Victoria : Je crois qu'il y a en chacun·e d'entre nous un désir expansionniste primal : on veut tout, avoir tout, être tout... C'est une pulsion de vie, une hybris qui n'est sûrement pas étrangère au fait que notre espèce survit encore à l'heure actuelle. Mais c'est évidemment quelque chose qu'il faut canaliser, contrôler. Et je pense que c'est le dilemme permanent de la société, de ne pas se laisser déborder par cet instinct dévorant, mais de ne pas l'écraser totalement non plus. Sinon, on risquerait d'aboutir à un modèle autoritaire, où aucun débordement n'est toléré. C'est pour ça que la notion de gourmandise appelle en creux celle de débordement, donc de règle, de conformité, de norme. Je pense que la société a une tendance à vouloir nous restreindre et qu'on a peu d'espace pour s'explorer dans la démesure. Même l'éducation est en soi un processus coercitif – et je dis ça sans implication morale !

Ce qui est assez étonnant dans la façon dont tu as exploité la question de la gourmandise, c'est que tu en fais une force politique plutôt populaire qui donne le droit de déborder, de ne pas respecter le cadre.

Victoria : C'est tout à fait ça ! J'avais peur que les gens pensent que j'encourage une transgression totale des limites, ce qui n'est pas du tout le cas. Certaines normes sont vitales pour notre vivre ensemble. C'est pour ça que mon personnage a aussi un côté gentil, elle est confuse et désolée du bazar qu'elle provoque... Je ne voulais pas créer un personnage qui soit dans la prédation, ou qui soit dangereux pour les autres dans ses débordements. C'est aussi pour ça que j'ai laissé la crémière venir la draguer par elle-même, pour être sûre que le consentement soit respecté ! Et, en effet, je ne voulais pas associer la gourmandise à un plaisir d'aristocrate. •

Scapula

ILLUSTRATIONS

p. 78-79 © Cassandra Bonnafous
p. 120-121 © Auréline Roy
p. 228-229 © Jeanne Guérard
p. 252-253 © Maison Nuit
p. 256-257 © Scapula

TYPOGRAPHIES

Adobe Colson pro © Carol Twombly/Adobe Originals
Alegreya et Alegreya Sans © Juan Pablo del Peral/Google
Axia Stencil © Sibylle Hagmann/Kontour
Chorine © Erica Jung et Ricardo Marcin/PintassilgoPrints
ITC Avant-Garde Gothic Pro © Herb Lubalin et Tom Carnase/Monotype
Menal Sans Dawn & Dusk © Dalton Maag
Neue Haas Grotesk © Christian Schwartz/Monotype
Noto Sans © The Noto Project Authors
Nasalization © Ray Larabie/Typodermic
Wtr Gothic Open Shaded © Wood Type Revival
Gloss Drop © Roland Hörmann/Phospho
Puntino © Arne Freytag/Fontador
Scribo © Underware
Seismic Latin VF © Universal Thirst
The Seasons © Elena Genova/My Creative Land
Typefesse© Océane Juvin/Velvetyne

Édition : Claire Sauttreau et Anselme Dominski
Maquette et couverture : Claire Sauttreau

Cet ouvrage a été imprimé par Typo'Libris
Dépôt légal février 2025 - N° d'impression 25010593v2
Imprimé en Union Européenne